KB139006

그렇게 우리의 이름이
되는 것이라고

그렇게 우리의 이름이
되는 것이라고

신유진

CES NOMS QUI SONT DEVENUE LES NÔTRES
1984BOOKS

차례

오래전에 썼던 글을 마주하니

새삼 이야기가 끝났음을 실감한다.

마지막 문장으로부터 한 걸음 나아가기를 바랐던,

우리의 마음을 실은 배가 멀리 가기를 바랐던 기도는

이뤄지지 않은 것도 같지만.

그러나 눈과 노을, 노래와 다리, 수국처럼

우리에게 찾아왔던 아름다운 것들은

이야기 속에 여전히 있다.

다 끝난 후에도

'여전히 있다'라는 말을 허락하는 세계는

이야기와 마음뿐.

아직 여기 있다.

이야기와 마음이.

나는 여전히 사랑하면 조금 나아질 세계를 생각한다.

— 신유진, 2023

Ces noms qui sont devenus les nôtres

그렇게 우리의 이름이 되는 것이라고

기쁠 이, 편안할 안, 이안.

마레에 있는 작은 칵테일 바에서 나는 그에게 이름을 선물했다. 평일 오후였고 바에는 사람이 없었으며, 창밖에는 봄비가 내리고 있었다. 그는 오랫동안 이안이라는 이름이 적힌 종이를 만지작거리며 말했다.

"내 이름하고 비슷하네. 얀(Yanne), 이안."

"응. 생각해서 지은 거야. 마음에 들어?"

이안이는 고개를 끄덕였다. 그는 냅킨 위에 동그라미, 작대기를 그어 가며 '이안'이라는 글자를 어설프게 흉내 냈다. 가방을 머리에 쓰고 모자를 손에 들고 있는 사람처럼 조금 우스꽝스럽고 어색한 글씨였다.

빗방울이 창문을 간지럽게 때리는 동안 이안이의 글씨 연습은 계속 이어졌다. 냅킨이 열 장 정도 차곡차곡 쌓였다. 창 너머로 한 무리의 여자아이들이 빨강, 노랑, 파랑의 우산을 들고 걸음을 맞춰 지나가고 있었다. 회색 포석 위를 수놓는 우산들의 화려한 행진과 구석구석 흩뿌리는 봄비로 마레의 좁은 골목은 파리의 어느 대로보다 품이 넉넉해 보였다. 파리지앵, 관광객, 유대인 전통 복장을 한 사람들, 가톨릭의 사제들, 동성애자들과 이성애자들, 프랑스식 전통 비스트로와 뉴욕식 치즈버거 가게, 동남아식 새우커리 전문점이 한데 모여 어울리는 곳. 이안이와 나는 마레를 좋아했고 우리가 함께 살 집을 찾아 그곳을 열심히 헤매고 다녔지만, 도저히 감당할 수 없는 집세와 입주 조건 탓에 결국 칵테일 한 잔을 마시는 시간 만큼만 머무는 것으로 만족해야 했다. 모든 것이 계획대로 된 것은 아니었지만 어쨌든 이안이의 생일 선물로 이름을 선물하겠다는 약속만큼은 지키게 됐으니 그리 우울한 생일은 아니었다. 이안이는 어땠을까? 모르겠다. 집을 보러 다니느라 지친 것 같기도 했고 얼굴에 감정이 잘 드러나는 편도 아니었으니. 이름이 적힌 종이를 만지작거리던 그의 손만 어렴풋이 떠오른다. 울고 있었는지 웃고 있었는지, 표정을 알 수 없는 이안이의 손이 머릿속에서 종이를 접었다가 펼쳤다가 천천히 움직인다. 마치 손끝으로 무언가 말하려는 사람처럼. 기억을 타고 손에서부터 목까지 천천히 올라가면 어김없이 얼굴에서 하얗게 부서져 버린다. 아무래도 그의 표정이 쉬이 생각나지 않는다.

한국 이름을 갖고 싶어 했던 것은 이안이었다. 한국에 대한 특별한 감정이 남아 있지는 않지만 7살 때까지 불렸던 이름이 까맣게 지워진 것이 퍼즐 한 조각 잃어버린 것처럼 늘 마음에 걸렸다고 했다. 나는 이안이가 손에 쥐고 있는, 기쁠 이와 편안할 안이 적혀 있는 종이가 그를 완성 시키는 마지막 퍼즐이기를 바랐다.

이안이는 한국에 대한 기억이 거의 없었다. 그의 생일은 그가 지금의 부모에게 입양되어 온 날이었고, 그전까지는 보육원에 들어온 날을 생일로 여기고 살았을 것이라고 했다. 그 특유의 느린 말투로 천천히 꺼내 놓는 옛날이야기들을 가만히 듣고 있노라면 나는 그가 이미 몇 번의 환생을 거쳐 내 앞에 앉아 있는, 너무 여러 번의 생을 살아 버린 사람처럼 느껴졌다.

이안이는 그렇게 닳은 기억들과 오래 싸워 왔을 것이다. 다만 그 싸움이 무엇을 위함이었는지는 짐작할 수 없다. 기억을 지키기 위해서였을까, 지우기 위해서였을까.

궁금한 것이 많았으나 쉽게 물어볼 수는 없었다. 이미 다 지나 버린 생의 이야기 같아서, 자꾸 반복해서 꺼내다 보면 또다시 다른 생을 향해 사라질까 봐.

이안이 역시 한국에 대해 크게 궁금해하지 않았다. 여느 프랑스인들처럼 비빔밥과 불고기를 좋아했고 K-POP을 신기한 눈으로 보는 정도의 관심이 전부였다. 다만 어쩌다 한 번씩 간단한 단어들을 알려 달라고 조르거나, 그렇게 배운 단어를 냅킨, 영수증 위에 적다가 금세 잊어버리곤 했다. 그러니 그의 한글 노트는 학교 카페테리아 탁자 위에, 맥도널드 쓰레기통 속에 늘 버려졌고 공부의 흔적과 함께 단어 역시 머릿속에서 깨끗이 사라졌다. 나는 이안이라는 이름이 적힌 하얀 종이를 그에게 건네면서 그것이 언제 쓰레기통에 들어가게 될지 몰라 불안했다. 또 까맣게 잊어버리는 것은 아닌지. 그러니 많이 불러 줘야지. 자꾸 부르면 너의 이름이 되는 것이라고, 그렇게 말해 주며 몇 번이고 이안이를 불렀다.

"이안아."

이안이는 새 이름에 익숙하다는 듯이 다정하게 내게 대답했다. 삐뚤빼뚤한 글씨로 수없이 적혀 있는 이안이라는 글자와 그 옆에 불어로 깨알같이 적어 놓은 이름의 뜻을 보며, 나는 잠시 이안이가 내게로 와서 다시 새롭게 태어난 것이 아닐까 생각했다. 오래된 기억들은 그저 자연스럽게 거기 어딘가에 두고 지금은 그저 기쁘게, 편안하게.

"나, 눈을 기억해."

생일 초가 꺼진 몽블랑 케이크를 포크로 자르며 이안이가 말했다. 보육원에서 공항으로 오는 길에 차 안에서 봤던 하얗게 떨어지던 눈. 이안이는 그것을 보며 '눈'이라고 외쳤고, 자신이 '눈'이라고 외쳤던 것을 기억하고 있다고 했다. 차가 달렸고 세상이 뿌옇게 흐려졌으며 이안이에게 손을 흔들던 사람들과 뒷걸음질해 달아나는 나무들이 모두 하얀 점으로 번질 때까지, 이안이는 눈을 보고 있었다고 했다. 나는 이안이 안에 있는, 영원히 녹지 않는 설원을 상상했다. 삽을 들고 단단히 얼어 버린 눈을 치우고 나면, 거기 힘없이 얼어 죽은 새싹 같은 것이 있을까. 7살쯤 된 이름 없는 소년의 껍데기가 누워 있을까.

그때, 포크로 으깨진 몽블랑 케이크를 보며, 창밖 거리에서 간지럽게 달려드는 봄 내음을 맡으며, 나는 어쩌면 이안이의 진짜 생일이 겨울이 아닐까 생각했다.

눈이 올 때 이안이가 떠난 것처럼,

눈이 올 때 이안이가 온 것이 아닐까.

그날의 이안이를 생각하면 내 안에도 흰 진눈깨비 같은 것들이 휘몰아친다. 분명 봄비가 내리고 있었는데, 창문 밖, 그 거리의 모든 것들이 봄을 부르고 있었는데, 이안이라는 이름이 적힌 하얀 냅킨이 차곡차곡 쌓이고 이안이의 입에서 '눈'이라는 단어가 내게로 흩날렸던 순간, 그 시점부터였던가. 내 기억에 눈이 내린다. 냅킨 위로, 탁자 위로, 몽블랑 위로, 우리들의 어깨 위로, 똑같은 까만 머리카락 위로. 우리가 어떤 표정을 짓고 있었는지, 우리에게 내일은 어떤 것이었는지, 모든 것이 그저 뿌옇게 변할 때까지, 그저 하얗게.

이안이는 그렇게 모든 것을 잊었을까. 아니, 선명한 어떤 것들을 하얗게 덮어 놓고 얼려 죽여 버린 것일까.

지금의 나는 하얗게 죽은 것들 사이에서 다시 태어난 환생인지도 모르겠다. 그때의 어렴풋한 장면들을 전생처럼 여기고, 그러니 최면에 걸리지 않고서는 다시 돌아갈 수 없는 것들이라고 믿으며 살아가고 있는 것이 아닌지. 사람들은 대부분 전생을 체험하고 나면 눈물을 흘린다고 한다. 끝나 버렸다는 것이 슬픈 것일까. 아니면 모든 생은, 그 찰나의 시간을 돌아보면 그저 안쓰러운 무언가로만 남게 되는 것일까. 세상은 봄이었고, 그와 나의 순간에는 눈이 내렸던, 그날의 기억들이 찾아오면 전생을 체험한 것처럼 뿌연 눈물이 난다. 거기 분명, 내가 구할 수 있었으나 구하지 못한 것이 있었으리라. 내 기억의 눈보라에 얼어 죽은, 구원의 손길을 간절히 기다렸던 어떤 것이.

이안이와 내가 마음에 드는 집을 구했을 때는 이미 5월이었다. 날씨가 좋았고, 파리지앵들은 모두 집 밖으로 뛰쳐나왔다. 곳곳이 소풍이었다. 사람들은 파리라는 커다란 방에 둥글게 모여 앉은 것처럼 서로 눈인사를 주고받았고, 괜한 날씨 이야기로 다정하게 말을 걸었다. 모르는 이들이 낯설지 않았다. 마치 대서양, 지중해, 호수, 어느 물에서 살든 상관없이 닥치는 대로 모든 종의 물고기들을 퍼 담은, 거대한 수족관 같았다. 어느 미래에 그러하리라 상상했던 것처럼, 국경도 국적도 없이, 누군가 바벨탑을 쥐고 칵테일을 섞듯이 뒤흔들어 버린 것처럼. 내게는 서로 다른 모습의 사람들이 비슷한 일상을 살아가는 것이 마냥 신기하게만 느껴졌다. 지독히 다른 사람들이 결국 서로의 닮은 구석을 알아보는 것, 그래서 타인에게 조금은 너그러워지는 것, 봄날의 공평한 햇볕이 주는 선물이었다.

이안이와 내가 살 집을 구한 19구는 우르크 운하를 중심으로 사람들이 모여들었다. 평일, 주말 할 것 없이 밤새 파티가 벌어졌고 아무리 들어도 어색한, 불어로 라임을 맞춘 힙합 음악과 90년대 라디오에서 들었던 유명 팝들을 연주하는 기타 소리가 밤마다 울려 퍼졌다. 우리는 작은 다락방의 창을 열고 파리를 만끽했다. 에펠탑도 관광객도 없는 동네였지만 보통의 사람들이 모여 사는, 파리의 명암을 모두 볼 수 있는 곳이었다. 스탈린그라드 역 부근에 난민들의 텐트촌과 다리 밑의 술 취한 노숙자들, 미성숙한 몸매가 적나라하게 드러나는 옷을 입고 성인 남자들의 시선을 받는 어린 흑인 여자아이들, 운동복 바지를 양말 속에 집어넣고 다니는 이상한 패션의 아랍 남자애들, 중국 마트 봉투를 들고 걷는 중국 여자들, 마권을 파는 카페에 모이는 동유럽 출신의 이민자들, 이제 막 취업한 젊은 프랑스인들, 슈퍼마켓에서 일하는 여자들, 화판을 깔고 앉아 그림을 그리는 예술 학교 학생들, 대충 걸친 듯한 옷차림이 세련된 젊은 남녀들, 그해 봄날에 마주했던 모든 이들은 파리를 완성시키는 풍경이었고, 나는 늘 그 풍경을 스케치하는 사람처럼 몇 발자국 떨어져 그들의 주변을 맴돌았다.

　오랫동안 원 안에 들어가지 못하고 자꾸 겉도는 것이 언어의 장벽 때문이라고 생각한 적도 있었지만 불어 실력이 점점 늘어도 크게 달라지지는 않았다. 나는 늘 구경꾼이었으며, 가장자리의 사람이었다. 지금 생각해 보면, 어쩌면 그런 거리감을 만든 원인이 작은 다락방 구석에 놓여 있었던 커다란 여행 가방이 아니었을까 짐작한다. 방이 좁아서 다 풀지 못했던 가방에는 부피가 큰 겨울 옷가지가 들어 있었다. 5월에 두껍고 무거운 옷들을 가방 안에 쑤셔 넣을 때만 해도 추운 계절이 우리를 찾아온다는 것이 무척 먼 이야기처럼 느껴졌으나, 집보다는 호텔이나 민박집에 어울리는 그 물건은 늘 내 시선에 걸렸다. 언젠가 떠나야 한다는 사실을 상기시켜 주려는 듯, 방구석에서 가만히 나를 노려보았다. 가난이 내일을 생각할 수 없게 만든다는 것을 그때 알았다. 우리들의 작은 방은 사계절을 다 품지 못했다.

　이안이와 나는 가난했다. 학생이었고, 집에서 도움을 받지 못했다. 한국에서 19살 때부터 아르바이트를 해서 모아 놓았던 돈은 금세 바닥났고 유학 생활 내내 한국식당 서빙, 베이비시터, 영화 보조출연자 아르바이트 등 안 해 본 것이 없었다. 이안이도 마찬가지였다. 스무 살 이후로는 자신이 벌어서 생활을 해 왔다. 우리는 아침에 학교에 함께 등교해서, 점심을 카페테리아에서 같이 먹고, 수업이 끝나면 각자 일자리로 흩어졌다가 밤에 만났다. 늦은 밤, 2호선을 타고 돌아오는 길에 전철 창밖으로 물랑루즈와 몽마르트가 빠르게 스쳐 지나갈 때면 파리에 있음을 조금은 실감할 수 있었다.

이안이는 나와 함께 살면서 한국 음식에 점점 익숙해져 갔다. 살짝 이상한 구석이 있는 요리들이었지만, 한국 음식을 잘 모르는 그는 내가 해 준 요리들이 아주 어릴 적 맛보았던, 무의식에 남아 있는 음식들이라고 믿는 듯했다.

통조림 달팽이로 만든 골뱅이무침이나 알자스 배추절임으로 끓인 김치찌개, 단무지 없는 김밥, 한인 마트가 있긴 했지만 거리도 멀었고 비쌌기 때문에 그렇게 퓨전 한식을 즐겨 먹었다. 이안이가 제일 좋아했던 음식은 달걀과 간장과 버터를 넣어 비벼 먹는 뜨거운 밥이었다. 어린아이처럼 내 앞에 앉아서 밥을 비벼 달라고 밥그릇을 내밀 때면 영락없는 한국인 같았다. 밥 먹는 것도 잊어버리고 티브이 앞에 앉아 있으면 어느새 쓱싹 밥을 비벼와 입안에 넣어 줬던 엄마의 기억, 나는 이안이에게 그런 것들을 선물할 수 없음이 늘 안타까웠다. 이안이의 감정과는 상관없이, 나야말로 그를 평생 완성할 수 없는 퍼즐로 여겼는지도 모르겠다.

분명 이안이에게도 프랑스인 어머니에게 받은 밥숟가락의 추억이 있었을 것이다. 다만 상대의 뜻과는 상관없이 내 멋대로 그의 기억까지 완성하려고 덤벼들었던 것일 뿐.

나의 사랑은 몇 번의 학습에도 똑같은 문제를 계속 틀리는 열등생 같았다. 내 멋대로 주는 사랑이 맞는 것인 줄 알고, 사랑이라는 것이 감정이 하는 일이 아니라 사람이 하는 일이라는 것을 자꾸 잊었다. 다행히 이안이는 그런 나를 너그럽게 지켜봐 줬다. 그는 언제나 사랑도 삶도, 정답만을 적는 우등생이었으니까. 내게 성실했고 삶에 성실했으며, 내가 주는 것들을 버거워하지 않고 얌전히 받았다. 늦은 밤까지 고되게 일을 하면서도 불평 한 번을 하지 않았고, 공연장에서 일하느라 이명이 심해졌지만 아프다고 징징거리는 일도 없었다. 일주일에 네 번은 새벽 한두 시가 넘어서야 귀가했고 학교 과제를 하느라 밤을 지새우는 날이 많았지만, 어쩌다가 시간이 나도 모자란 잠을 보충하는 대신 피로한 일상에 짜증이 늘어난 나를 달래느라 바빴다. 우리에게 파리는 점점 2호선 창문 너머의 잠깐 스치는 풍경 같은 것이 되어 갔다. 한국에 있는 친구들은 내게 왜 SNS에 사진을 올리지 않느냐고 타박했지만 남들에게 보여줄 만한 일상이랄 게 없었다. 예쁜 카페도, 분위기 좋은 식당도, 하다못해 에펠탑조차도 볼 일이 없었으니까. 그래도 일주일에 한 번은 데이트 같은 것을 했다. 데이트라고 해 봐야 이안이가 얻어 온 공짜 티켓으로 공연을 보는 것이 전부였지만 이안이는 한 주도 거르지 않고 자신이 일하는 공연장에 나를 데려갔다. 처음 몇 번은 신기했고 공짜로 맥주를 마실 수 있어서 나쁘지 않다고 생각했지만 가요 외의 음악은 잘 알지도 못하고 관심도 없었던 나는 금세 흥미를 잃어버렸다. 가끔은 고급스러운 와인바나 예쁜 레스토랑에 가고 싶다고 말했지만 이안이는 이런저런 핑계를 대며 그곳을 고집했다. 돈 때문이었을 것이다. 음료 비용이나 일주일 치 식비가 들어가는 와인바의 와인과 안주, 외식비를 생각하면 당연한 일이었다. 다만 그 모든 것들을 몸에 밴 습관처럼 당연하게, 더 나은 것을 향한 어떠한 욕망도 없이 받아들이는 이안이를 보면 숨이 막혔을 뿐. 나는 어쩌면 그가 이안이라고 불리는 지금의 시간을 최선을 다해 살아 버린 후, 다른 곳으로 달아나 버릴지도 모른다고 생각했다. 그래서 우리의 현실과 어울리지 않는 그의 편안함과 느긋함이 늘 불안했다. 조금 더 갖기 위해 안달하지 않고, 왜 우리의 지금은 이것뿐이냐고 불만을 품지 않는 이안이는 너무 일찍 답을 알아 버린, 그리하여 시험의 의미가 없어진 사람이었다.

나는 달랐다. 조금 더 나은 것들이 갖고 싶었다. 다른 한국 유학생들처럼 에펠탑이 보이는 집에서 살고 싶었고, 다른 프랑스인들처럼 안정적인 일자리를 구해서 여유롭게 살고 싶었다. 그때쯤에 서서히 깨닫기 시작했다. 다락방이 아니라 방이 하나 있고 거실, 부엌이 따로 있는 집에 사는 것이 이안이와 내게는 무척 어려운 일이라는 것을. 공연 예술을 전공하는 이안이도, 영화 이론을 공부하는 나도 버젓한 직장을 구하기가 쉽지 않을 것이며 아주 오랫동안 지금의 이 생활을 벗어나지 못할 수도 있다는 것을. 그리고 그런 생각들은 나를 초조하게 만들었다. 조바심이 없는 이안이와는 다르게, 내게 인생은 어떤 결과물을 향한 희생의 절차였으니까. 아무것도 없이 한국으로 돌아갈 수 없으며, 아무것도 없이 이곳에서 살 수도 없었다. 사람들은 어떻게 다들 먹고 살아가는지, 어떻게 모두가 그렇게 버젓이 사람 구실을 해내며 살아가는지, 내게는 너무 까마득한 일이었다. 졸업하면 무엇이든 될 것처럼 말하는 한국의 친구들과 가족들의 연락을 조금씩 피했다. 생활비 한 번 보내 주지 않는 부모님을 원망했고, 명품을 자랑하는 친구들을 속물이라고 여겼다. 부모가 보내 주는 돈을 받고 편안한 유학 생활을 하면서 입양아인 남자와 동거를 한다고 나를 보며 수군거리는 한국 유학생들과도 서서히 멀어졌다. 아르바이트를 마치고 돌아오는 길에는 외로웠다. 그저 고국을 향한 향수병쯤으로 여기던 이안이에게는 설명할 수 없는 감정이었다. 어디에도 속해 있지 않고 어디로도 나아갈 수 없어서, 다락방 안에 갇혀 버린 듯한 기분이었다. 유예인지 유배인지 알 수 없는 그곳에서 나는 봄과 여름을 보냈다.

　그해 두 계절을 떠올리면 19구 다락방의 짙었던 외로움과 우울함이 이마를 두드린다. 아마도 가장 먼저 내 안에서 얼어 죽은 것들은 그곳에서의 좋은 기억들이었던 모양이다. 우리만의 세상을 향해 나아가고 있다는 착각을 할 때도 있었는데. 다섯 평 남짓한 작은 집에서 누군가를 사랑한 너무 낯선 표정의 내가 분명히 존재했었는데. 처음 담근 김치와 라면을 한 입 먹고 맵다고 울던 이안이를 보며 깔깔 웃던, 라디오에서 나온 샹송들을 따라 부르기 시작했던, 악몽을 꾸면 밤새 이안이의 손을 잡고 잠을 잤던 그 모든 순간의 나는 어디로 갔을까. 단단하게 얼어 발자국도 찍히지 않는 눈덩이를 거둬 내고 나면 거기, 그때의 내가 있을까. 12월 어느 눈 오던 날에 얼어 죽은, 입술이 퍼렇게 변한 스물여섯의 내가 묻혀 있을까.

어쩌면 나는 2015년 11월 9일에 동사형을 선고받고, 그해 12월 눈이 오던 날에 형을 집행당한 것인지도 모른다.

그러니 지금의 나는 환생이거나 유령일 뿐이고,

이안이는 그저 어렴풋한 전생의 기억인가, 영원히 나를 쫓아다닐 환영인가.

이안이라고 믿고 싶었다. 이안이를 닮았다고 생각했다. 화면에 비친 모습은 목부터 손까지가 전부였지만, 나는 겨울옷으로 무장한 그 육체 안에서 이안이의 흔적을 찾아내려 애를 쓰고 있었다.

사방이 컴컴한 방이다. 이안이라고 믿고 싶은 남자가 휠체어에 앉아 카메라를 마주했다. 그가 등장한 화면 밑에는 '벤, 29세'라는 자막이 띄워져 있었다. 그의 손을 주의 깊

게 살폈다. 오른쪽 손에 점이 있었던가? 손가락은 긴 편이
었는데, 그런 구체적인 기억들이 헷갈리기 시작했다. 손은
촉감이지 시각적인 신체 부위가 아니니까. 화면 속 그의 손
에 내 손을 맞춰 본다면, 내 손을 감싸 쥔 그의 손의 촉감을
느낀다면 그가 이안이인지 아닌지 금세 알 수 있을 텐데.
남자의 손은 얌전히 포개졌다가 긴장한 듯 한쪽 손의 바닥
으로 다른 쪽 손등을 비벼 댔다. 그의 이름과 나이가 적힌
자막이 사라지고 화면의 오른쪽 아래에는 '2015년 11월 9
일 바타클랑 테러 사건 생존자'라는 글자가 다시 나타났다.
인터뷰가 진행되는 동안 '생존자'라고 적힌 자막은 줄곧 그
자리에 있었다. 잊어버린 줄 알았던 불어가 살아 돌아와 귓
등을 때렸다. 다른 불어는 몰라도 그의 불어라면 나는 기억
하고 있다. 말에는 습관 같은 것이 있으니까. 예를 들면 모
든 문장 앞에 '사실은'이라는 말을 자주 붙인다든지, '모르
겠어'라는 말을 반복해서 사용한다든지.

　　"모르겠어요. 선명하게 기억나는 장면들이 있지만, 그
것을 다시 이야기하자면 어디서부터 어떻게 이야기해야
하는 건지, 너무 혼란스럽습니다."
　　'그날의 일을 기억하시나요?'라는 기자의 질문에 이어
지는 그의 대답을 듣는 순간, 머릿속에 하얗게 눈보라가 쳤
다. 지금은 매미 울음소리 시끄러운 8월, 다시 불어 공부를
해 보자고 무작위로 다운받은 프랑스 방송을 틀어 놓고 그

대로 얼어붙었다. 아이스크림이 녹아 허벅지 위로 흘러내렸다.

"사실은……"

벤이라는 남자가 잠시 뜸을 들이는 사이, 나는 화면을 꺼 버렸다. 완전히 녹아 버려 손바닥이며 허벅지에 끈적이게 들러붙은 아이스크림을 견딜 수 없었기 때문이다. 선풍기의 소리는 요란했고, 까만 화면 안에는 정돈되지 않은 머리카락을 풀어헤친 내가 있었다.

'그날의 일을 기억하시나요?'라고 누군가 내게 묻고 있었다. 나는 목소리를 노려보았다. 그걸 왜 나한테 묻습니까, 아무 상관도 없는 사람인데, 나는 이방인이었는데, 그저 지나가는 사람이었는데. 기억나지 않습니다. 그날의 일이라면 하나도 기억나지 않습니다.

검은 화면 속의 나는 무음의 대답을 늘어놓으며 죄인처럼 고개를 숙이고 있다. 이마에서부터 녹아내리기 시작한, 얼은 기억들이 액체가 되어 떨어져 내렸고, 나는 이제 곧 형체를 알 수 없게 으깨져 버린 아이스크림처럼 처참하고 기분 나쁜 끈적임이 되어 녹아내릴 것만 같았다.

벌떡 일어나 욕실로 향했다. 찬물을 뒤집어쓰고, 기름진 설탕물을 닦아 내고, 걸레를 들고 방바닥을 닦았다. 땀이 후드득 떨어졌다. 다시 욕실로 뛰어 들어갔다. 찬물을 뒤집어썼다. 그렇게 나를, 방바닥을 네 번씩 닦았다. 선풍기를 강풍으로 틀고 옷을 벗고 바닥에 누웠다. 젖은 머리카락들이 차갑게 날렸다. 흩뿌려지는 미세한 입자의 물방울들이 얼굴에 닿을 때마다 유리알이 박히는 것처럼 아렸다. 살갗 사이에 날카롭고 차가운 것이 박혀 들어가는 느낌, 나는 그 촉감을 기억하고 있다. 11월, 어느 광장에서 열렸던 추모식, 비가 섞인 눈이 내렸다. 머리카락과 눈썹, 콧잔등, 입술로 떨어지던 진눈깨비에 살이 찢어질 것 같아 두 손에 얼굴을 파묻었다. 이안이와 하나도 닮지 않은 노랑머리, 파란 눈을 가진 그의 부모를 그곳에서 만났다. 그날의 일이라면 아무것도 기억하지 못한다는 내게, 이안이의 부모님은 애원하다시피 물었다. 근무일도 아닌데 왜 이안이가 그곳에 있었는지, 마지막에 어떤 연락을 받았는지, 이제는 아무 소용 없는 떠난 자의 흔적을 내게 애걸했다. 결국, 나는 아무 답도 해 주지 못했다. 그저 고개를 숙이고 그들의 손에 들린 7살쯤 되어 보이는 이안이와 스물다섯의 이안이의 사진을 보며, 어쩌면 그가 또 다른 이름으로 어딘가에서 살아가고 있지는 않을까, 몇 번의 생을 거쳐 다시 한번 내 앞에 나타나 주지 않을까 하는 허망한 기대를 차가운 땅에 묻고 있었을 뿐.

추모식이 끝나고 나는 파리를 떠났다. 다락방 구석에 겨울을 가둬 놓았던 여행 가방을 들고, 나머지 세 계절을 그곳에 두고 겨우 도망쳤다. 공항까지 가는 버스 안에서 함박눈이 내리는 것을 봤다. 눈의 결정체가 어렴풋이 보일 만큼 아주 굵고 선명한 눈이었다. 누군가 첫 폭설 경보가 내려졌다고 말했다. 비행기가 뜨지 않을까 걱정하는 사람들도 있었지만 밀가루가 쏟아지는 것처럼 떨어지는 그것을 보며 '눈'이라고 외치는 이는 아무도 없었다. 순식간에 하얀 소용돌이에 휩싸인 콘크리트로 무장한 도시를 무감각하게 바라보는 피로한 얼굴들만 있었을 뿐.

비행기 안에서 내내 눈을 감고 눈을 생각했다. 문득 하늘에서 내리는 '눈'과 얼굴에 있는 '눈'이 같은 글자라는 것을 이안이가 알았을까 궁금해졌다. 국어 시간에 길게 발음하는 눈(ː)과 짧게 발음하는 눈이 헷갈릴 때면, 머릿속으로 오래 하염없이 내리는 눈은 눈(ː)이고, 잠깐 감았다가 뜨면 모든 것들이 순식간에 사라져 버리는 것이 얼굴에 있는 눈이라고 암기했는데, 7살이었던 이안이가 외쳤던 것은 눈(ː)이 맞기는 한 것일까, 감았다가 뜨면 모든 것이 사라져 버리는 눈은 아니었을까.

눈을 감았다가 떴다.

다시 한국이었다.

모두 사라져 버렸다.

"폭죽 같은 것이 터졌어요. 쇼의 일부인 줄 알았어요. 그것이 총소리라는 것을 알았을 때, 무대 위의 가수들은 뒷문으로 빠르게 빠져나가고 있었습니다. 저는 비상구 근처에 있었는데 저도 모르게 문 쪽을 향해 기어가고 있었죠.

산발적으로 총소리가 들리다가 간격을 두고 한 발씩 쏘는 소리가 났어요. 그때 그저 겁을 주려는 것이 아니라 목표물을 향해 쏘고 있다는 걸 깨달았죠. 정신없이 비상구를 향해 기었어요. 내가 팔꿈치로 딛고 있는 것이 밑에 깔린 사람들이라는 것을 알았을 때, 어디선가 비명이 터져 나왔어요. 그리고 어떤 남자가 바닥을 향해 총을 쏘았죠. 그 후로는 의식을 잃었습니다. 그러니까 모르겠어요. 그다음에 무슨 일이 있었는지……"

정지 버튼을 눌렀다. 술에 취한 누군가의 고성이 여름밤 활짝 열린 창문을 넘어 방을 침범했다. 집 맞은편에 있는 치킨집에서 더러 있는 일이었으나 오늘만큼은 당장 뛰쳐나가 뺨싸대기를 한 대 올려붙이고 싶었다. 제발 조용히 좀 해 달라고. 그렇게 뜨거운 비명을 지르지 않아도 모든 것은 녹아내리고 있고, 살겠다고 몸부림을 치지 않아도 이 열대야에 당신이 숨 쉴 구멍 하나 정도는 있을 테니 엄살떨지 말고 제발 그 입을 다물어 달라고.

화면을 돌려 인터뷰의 시작으로 다시 돌아간다.

"그날의 일을 기억하십니까?"

건조한 그러나 조심스러운 여기자의 목소리가 다시 들렸다. 타이머를 맞춰 놓은 선풍기가 꺼졌다. 파리 한 마리가 날아들었다. 나는 정지 버튼을 다시 눌렀다.

그날의 일을 기억하십니까?

자막을 보지 않아도 몇 년 전처럼 선명하게 들리는 불어, 손등을 비비는 손바닥, 이안이가 아니라는 것을 알면서도 이안이길 바라며 간절히 어떤 신호를 찾는다. 이안이의 손에 점이 있었던가. 그 손을 얼마나 많이 잡아 봤는데, 한 집에서 아침마다 나를 깨우던 것이 그 손이었는데, 기억이 나질 않는다. 재생 버튼을 눌렀다.

"모르겠어요. 선명하게 기억나지는 않지만……"

선명하게 기억나지는 않지만, 누군가와 싸우는 듯이 말하는 흑인 여자가 있었다. 듣기 싫은 음악을 보란 듯이 크게 틀고 한쪽 다리를 반대쪽 좌석에 올린 아랍 남자도 있었고, 구석에 몰린 수녀님은 가냘픈 체구에 언뜻 앳된 얼굴을 하고 있었지만 자세히 보면 눈가와 입가에 주름이 깊었다. 나는 덩치가 커다란 백인 남자와 인조 모피를 입은 백인 여자 사이에 낀 채로 콧속과 입안으로 날아드는 모피 털 때문에 괴로워했다. 가방에서 겨울옷을 꺼내지 않은 탓에 얇은 외투를 입고 밤 외출을 나서는 것이 영 마음에 들지 않았다. 잘 알지도 못하는 밴드의 공연에는 관심도 없었고 차라리 분위기 괜찮은 바에서 몸이 따뜻해지는 술 한 잔을 하는 게 낫겠다고 생각했지만, 적극적으로 의견을 내기도 술값으로 들어갈 돈 계산을 하는 것도 귀찮았다. 사실은 그날, 나는 많이 늦었다. 일부러 그런 것은 아니었는데 아르바이트를 쉬는 날이었고 집에서 인터넷을 하며 늦장을 부리다 보니 그렇게 됐다. 플랫폼에서 사람이 붐볐던 5호선 열차를 몇 번 그냥 보냈다. 사람들 틈을 비집고 들어가는 일이 전쟁 같아서, 이안이를 만나러 가는 것이 기쁜 일이 아닌 피로에 피로를 더 하는 일 같아서 서두르고 싶지 않았다. 어차피 이안이가 일하는 곳이고 실외도 아니니까. 천천히 가서 도착하면 전화를 할까, 차라리 심야 영화나 한 편 보자고 하는 것이 어떨까, 아니면 깜빡 잠이 들었다고 거짓말을 하고 집으로 돌아갈까, 혼자서 이런저런 핑계를 만들며 갈등하다가 결국 가고 있다는 문자를 보냈다. 전화가 두어 번 울렸으나 받지 않았다. 가고 있었으니까, 늦어서 미안하다고 얼굴을 보고 사과하면 되니까.

선명하게 기억나지는 않지만 누군가 무릎을 꿇었다. 그 이전에 곳곳에서 울렸던 휴대전화 벨소리가 먼저였던가. 아니면, 전화에 대고 욕을 하며 대답 없는 신을 찾았던 남자의 목소리가 시작이었던가. 분명하게 들었던 것은 '신이시여'라는 외침과 '테러', '총', 영화 대사 같은 몇 마디뿐이었다. 그때 전화기를 꺼냈다. 내게도 문자 한 통이 도착해 있었다.

'오지 마'

지하철이 멈췄다. 11구의 공연장에서 테러 사건이 일어나서 오베르캄프역과 그 일대가 통제됐다는 안내방송이 나왔다.

사람들은 저마다의 신에게 기도했고, 나는 멍하니 휴대

전화를 손에 쥐고 그 안전하고 컴컴한 지하에서 이안이에게 전화를 걸었다. 그날 밤새, 이안이에게 전화를 했다. 이제 더는 받지 않는다는 것을 알았을 때도 나는 이안이에게 전화를 했다.

나중에서야 '가고 있어'라는 문자에 '전송실패'가 찍혀 있음을 알았다.

프랑스를 떠나기 전날, 이안이에게 문자를 재전송했다.

'가고 있어'

답은 없었다. 수신함에는 한 달 전에 찍힌 '오지 마'가 전부였을 뿐.

이안이는 나를 기다렸을까.

"의식을 잃기 전에는 아내에게 전화 한 통만 하고 싶다는 생각뿐이었어요. 죽음을 받아들였던 것 같아요. 아, 여기서 이렇게 죽겠구나. 그러니까 마지막으로 사랑한다는 말, 딱 한 마디만 전했으면 좋겠다. 아무 말 없이 그냥 거기서 죽어 버리면 그 여자는 평생 분노 속에서 살아가야 할 테니까. 나를 죽인 놈들과 그들의 종교와 그들의 인종을 향해 증오를 품고 살아가야 하잖아요. 그게 무서웠어요. 내 아내가 제일 좋아하는 음식이 케밥이랑 쿠스쿠스예요. 그 여자는 그걸 일주일에 한 번은 먹는단 말이에요. 우리 동네에 케밥이랑 쿠스쿠스집 주인들은 모두 무슬림 신자들이

죠. 착한 사람들이에요. 케밥 살 때 감자튀김용 케첩도 듬뿍 넣어 줘요. 나는 그 여자가 행복하게 그 음식들을 먹고 해마다 2kg씩 불어나서 귀여운 할머니가 되기를 바랐으니까. 그래서 사랑한다고 꼭 말하고 싶었던 거예요. 그래도 내가 공포에 떨며 죽어간 것이 아니라 사랑한 기억을 안고 죽었다는 것, 그것만을 기억해 달라고."

남자의 웃음소리가 들렸다. 얼굴이 보이지는 않았지만 그 순간 눈을 아래로 작게 뜨고, 양옆으로 깊게 파인 보조개를 드러내며 웃고 있었을 것이라 상상했다. 이안이었다면 그랬을 것이다. 심각한 이야기를 하다가, 더는 이 무거운 온도를 감당하지 못하겠다는 듯이 눈을 아래로 작게 뜨고 보조개를 드러내며 케밥이나 쿠스쿠스 같은 싱거운 농담을 던졌을 것이다. 기자의 웃음소리도 들렸다. 더는 이 무거운 현실을 이고 있을 수 없어 가볍게 툭 내뱉어 버린 가장 아픈 어떤 것, 그것이 웃음으로 터져 나왔다. 어쩌면 한바탕 웃고 난 후에 그들은 다시 울었는지도 모르겠다. 이제 더는 무슨 말을 해야 할지 몰라 눈물을 흘리고 있지는 않았을까. 이안이었다면 어땠을까. 이안이는 얼마나 울고 싶었을까. 내가 그곳에 조금 일찍 도착했었더라면, 그래서 이안이의 손목을 잡고 끌고 나왔었더라면. 그날 이후 수도 없이 되뇐 조건법 과거형 문장을 또 적어 내려가고 있다. 일찍 도착했었더라면, 이안이의 손목을 잡고 나왔더라면,

처음부터 다른 곳에 가자고 말했었더라면. 내 잘못이 아닌데, 그곳의 바닥에서 차갑게 죽어 간 이안이도, 얼굴 모르는 어떤 이들도, 결코 내 탓이 아닌데. 누군가의 목숨값으로 겨우 건진 것이 이렇게 하찮은 나인 것만 같아서, 비상구를 향해 간절하게 손을 뻗었을 사람들, 그중에 이안이가 있었다는 생각을 하면 죄인이 된다. 시간을 돌릴 수 있다면 당장 그곳으로 뛰어 들어가 모든 이들의 손을 잡고 끌고 나오고 싶은 간절한 마음조차 미안해지는, 살아 있다는 죄. 무능력하고 무기력하게 숨 쉬는 죄.

"눈을 떴을 때는 병원이었어요. 총을 맞았고 다시는 걸을 수 없게 됐지만 나는 살았어요. 아직 사람 많은 장소에는 가지 못해요. 구역질이 나와서. 그렇게 간단히 치유될 수 있는 것은 아니잖아요. 그래도 온 힘을 다해 노력하고 있어요. 거기에 있던 사람들이 바랐던 것은 사는 것, 그거 하나였을 테니. 나는 그 몫까지 살아야 해요. 모르겠어요. 그런 끔찍한 일을 저지른 짐승 같은 놈들이 우리와 똑같은 사람이라는 것을 생각하면 인간이 혐오스러워 견딜 수 없지만 또 마지막까지 휴대전화를 꼭 쥐고 있었던 사람들을 생각하면, 누군가에게 사랑한다는 말 한마디만 할 수 있게 해 달라고 기도했던 사람들을 생각하면, 나는 사람을 미워할 수 없어요. 무서웠죠. 끔찍한 공포였고요. 지금도 그 자식들을 죽여 버리고 싶어요. 그렇지만 그 모든 것을 이기고 마지막에 남은 것은 아내의 얼굴이더라고요. 그곳에 있던 사람들, 모두 그랬을 거예요. 그러니 증오로는 살 수 없어요. 우리 동네 케밥 가게 주인이 내 다리를 보고 그러더군요. 나를 위해 알라에게 기도하겠다고. 고맙다고 했어요. 알라가 있다면 그의 기도는 들어 줄 거예요. 사실은 안 들어 쥐도 상관없어요. 신은 없어도 돼요. 나는 신을 믿지 않으니까. 무기력한 신보다 기도라도 해 주겠다는 사람의 마음을 더 믿어요. 그래요. 그거면 나는 다시 사람을 믿을 수 있을 것 같아요. 이런 말을 하면, 알라를 무시했다고 또 테러의 대상이 될까요? 두 번은 싫은데, 그럼 편집해 주세요."

남자는 다시 웃었다. 호탕하게 웃는 그의 웃음소리에 나는 조용히 흐느껴 울었다. 열대야의 새벽 공기도, 흘러내리는 눈물도 뜨거웠다. 눈을 감았다 떴다. 벌써 밤이 갔다.

휠체어를 미는 여자의 손을 다독이며 남자가 컴컴한 방을 나설 때, '희생자들의 영면을 빕니다'라는 자막과 함께 창문 너머 여명이 비쳤다.

오늘은 비가 내린다고 했다.

장마의 시작, 후드득후드득 아프게 떨어지는 그것을 맞으러 나가고 싶었다. 밤만 남은 이 방을 빠져나가 아프게 박힌 눈 조각들을 녹일 수 있다면.

***

와인바의 창밖으로 거리를 내려다봤다. 눈이 오기 시작하자 금세 혼잡해졌다. 서울 사람들의 걸음과 파리지앵들의 걸음은 다르다. 박자도, 속도도, 시선을 맞추고 있는 곳도. 얼마 전에는 또 한 번 스트라스부르에서 테러 사건이 일어났지만, 국내 신문에서 기사 몇 줄을 본 것이 전부였다. 이제 테러란 여행하기에 위험한 나라로 분류된 이국땅의 잦은 비극이 되어 버린 것 같다. 이곳에서는 이곳의 비극을 견디고 살아야 하니까.

6시 50분, 10분이 남았다. 나는 약속한 사람을 기다리며 파리로 여행을 다녀온 친구의 SNS 속 사진들을 구경했다. 파리는 여전히 파리다. 카메라만 들이대면 무거운 개인사 따위는 꼭꼭 숨기고 활짝 웃는 여배우처럼 우아한 자태를 뽐내고 있다. 어느 블로그에서 본 것 같았던 상점들이 있는 골목골목을 보며, 내가 있었던 곳이 파리가 맞기는 한 것인지 의심이 들었다. 사진 속의 그곳은 너무 먼, 이제 나와는 아무 상관 없는 곳이 되어 버렸다. 다시 갈 일은 없을 것이다. 거기까지 갈 필요가 있을까. 여기 이태원에 없는 게 없는데. 와인도, 치즈도, 마카롱도. 거리의 개똥 빼고, 지하철의 오줌 냄새 없이, 위협적인 이민자들의 얼굴을 제외한, 예쁘게 포장된 파리가 여기 이렇게 지갑만 열면 가질 수 있다고 말하고 있는데.

최근에는 학원 강의 외에 개인 과외 수업까지 시작했다. 방 하나에 거실이 있고 주방이 따로 있는 작은 아파트를 얻기 위해서다. 몇 년째 열심히 일하고 있지만 역시 전세는 불가능하다. 월세라도 조금 더 나은 곳에서 살고 싶다. 지금 내 삶에서 바라는 것은 그거 하나뿐이다. 조금 더 좋은 집에서 사는 것.

굵어진 눈방울과 함께 한 남자가 뛰어 들어오는 모습을 지켜봤다. 넓은 어깨에 유독 눈이 많이 쌓였다. 그의 걸음이 나를 향하고 있다는 것을 짐작할 수 있었다. 체격이 눈에 띄어서 수영 선수 출신이라는 소개팅 상대를 쉽게 알아볼 수 있었다.

다섯 번째 소개팅이다. 누구든 만나려 애쓰고 있다. 조금 더 나아지기 위한 일이 모두 그렇듯 이것 역시 쉽지 않다. 어떻게 사랑이 되나? 어디서부터 어떻게 시작이 되나? 처음 배우기 시작한 언어처럼 완연한 사랑의 문장을 말하기까지 걸릴 시간을 생각하면 까마득하다. 바의 문을 열고 들어오는 그를 보며 생각했다. 어쩌면 나는 사랑의 단어를 겨우 떠올리며 더듬거리다가 결국 그 언어를 완전히 잃어버리고 말 것이라고.

"최시우라고 합니다."

어깨에 내린 눈을 털어 내며 그가 내게 손을 내밀었다.

앞으로 약 한 시간 반 정도 이어질 어색한 시간에 대비하여 마음의 준비를 단단히 해 뒀으나 먼 곳에서부터 달려

온 것처럼 가쁜 숨을 몰아쉬는, 두 볼이 약간 상기된 이 남자의 건강한 존재감이 지나치게 이질적으로 다가왔다.

다른 사람이구나, 라고 생각했다. 너무 오래 산 사람처럼 호흡하는 것조차 서두르지 않았던, 느린 숨을 지루하게 쉬었던 그때의 이안이와는.

그는 내게 와인을 골라 달라고 했다. 프랑스에서 유학했다고 해서 와인바로 약속 장소를 정했지만 사실 자기는 와인은 잘 모른다고 말하는 그에게 나 역시 싸구려 와인밖에 모른다고 말하는 것이 귀찮아서 그냥 유명한 이름의 와인을 주문했다.

"역시 맛있네요."

그가 한 모금을 홀짝이고 말했다. 내게는 너무 찼다. 슈퍼에서 사 먹던 와인보다 몇 배는 비싼 그 술은 특유의 좋은 향을 음미하기에 지나치게 차가웠다.

그는 파리를 좋아한다고 했다. 몇 년 전에 여행에서 본 것들, 에펠탑, 샹젤리제, 몽마르트르를 하나씩 열거하며 나는 가 본 적 없는 유명한 식당들을 이야기하기 시작했다. 우리들의 파리에는 존재하지 않았던, 남들은 다 안다는 그곳들을 그는 꼭 다시 가보고 싶다고 말하며 내게 불어를 배우고 싶다고 했다. 나는 잠시 학원 수강생들 사이에 그가 앉아 있는 모습을 상상했다. 아무래도 그는 나의 세계에 적합한 사람이 아닌 것 같았다. 내 인생의 어느 귀퉁이에 데려다 놓아도 그 특유의 건강함이, 평온한 평범함이 눈에 띨

것만 같았다.

한 잔만 마시고 대충 핑계를 대고 일어서려 했으나 그의 주문이 늘어났다. 와인이 병째로 나왔고 안주가 늘어났고 그의 얼굴은 더 붉게 익어 갔다.

"소은 씨."

그가 내 이름을 불렀다.

"이름 뜻이 뭐예요?"

"밝을 '소'에 웃음 '은'이에요."

"아, 소은 씨. 그럼 밝게 웃으며 사세요."

갑자기 웃음이 터졌다. 와인 몇 잔에 취했는지 새해 덕담 같은 소리를 내뱉은 그의 눈빛이 하도 진지해서, 멋쩍은 듯이 머리를 긁고 있는 모습이 어딘가 조금 모자란 사람 같아서. 그는 오히려 내 웃음에 놀란 듯 눈을 동그랗게 뜨며 물었다.

"왜 웃으세요?"

"아니요. 그냥, 잘 모르겠어요."

"그거 진짜래요. 사람은 자기 이름대로 산대요."

"그런가요?"

"정말이라니까요."

"그럼 세상에 안 좋게 사는 사람 없겠네요. 다들 부모님이 좋은 이름 붙여 줬을 테니."

"그러니까 자꾸 이름의 뜻을 생각하며 살아야죠. 이름을 자꾸 불러 줘야 해요. 잊어버리고 살면 효과 없어요."

그는 사뭇 진지하게 이름에 대한 그의 인생론을 펼치기 시작했고, 나는 그의 뜬금없는 구석이 어쩐지 나쁘지 않다고 생각했다.

"시우 씨 이름은 무슨 뜻이에요?"

"적절할 때 내리는 비요."

"비?"

"네. 그러니까 가문 날에 찾아 주시면 이렇게 적절하게 술친구 해 드릴게요. 그런데 지금은 비도 좋지만 눈이 와야 해요. 올해는 너무 가물었으니까."

"왜요? 땅이 얼마나 춥겠어요. 그렇게 찬 것으로 덮이는데."

"소은 씨가 땅을 잘 모르시는구나. 눈이 내려야 지층 아래 깊숙한 곳까지 물기가 스며드는 거예요. 그래야 다음 해에 싹이 잘 트죠. 땅에 물기가 있어야."

"그래도 거기 있는 것들이 차가워서 얼어 죽을지도 모르잖아요."

"그렇게 쉽게 얼어 죽지 않아요. 왜 얼어 죽어요. 봄이 반드시 올 텐데."

그가 웃었다. 호탕한 웃음이 오래 이어졌다. 이다음, 또다시 웃을 거리를 찾을 때까지 지금의 웃음을 멈추지 않을 사람처럼 눈을 반짝이며 웃고 있었다. 나 역시 다음이 궁금해졌다. 이제부터 우리는 점점 더 크게 웃게 될까. 이 웃음은 얼마나 오래 이어질까. 나는 조금 더 이 자리에 머물러 있고 싶다는 생각을 했다. 그래도 괜찮지 않을까. 밖에 눈이 내리고 모든 것이 또 한 번 하얗게, 뿌옇게 흐려지고 있으니.

아주 잠깐, 기쁘고 편안하게.

어딘가에서 그렇게 다시 태어났을 너처럼.

Sur un sepectacle fini

끝난 연극에 대하여

세계는 텅 빈 무대 위에 서 있다. 관객이 10명도 채 되지 않은 소극장의 작은 연극이다. 조명이 켜지자 세계는 카뮈의 '정의의 사람들'이라고 적혀 있는 텍스트를 손에 쥐고 지문을 읽어 내려가기 시작했다.

"테러리스트들의 방, 아침."

세계가 외치자 검은 커튼 뒤에서 배우들이 등장했다. 세계의 말에 무대는 테러리스트들의 방이 되고, 아침이 됐다. 세계가 읽으면 배우들이 움직였다. 세계가 '초인종이 울린다'라고 말하면 그들은 아무 소리도 들리지 않는 허공에 귀를 기울이고 초인종 소리를 들었다. 세계는 무대 위의 신이다. 세계가 '침묵'이라고 말하면 침묵이 찾아오고, '암전'이라고 말하면 불이 꺼지며 낮과 밤이, 해와 달이 세계의 말과 함께 찾아온다.

세계는 목소리다. 무대 위의 소품, 뻐꾸기시계처럼 존재하는 날갯짓 없는 목소리. 세계는 뻐꾸기가 '뻐꾹'하고 울 듯이 외쳤다. 아침, 밤, 방, 거리, 침묵, 암전, 세계의 말에는 슬픔도 기쁨도 놀라움도 아픔도 없다.

공연이 끝나고 배우들이 무대 위에서 인사를 하는 동안 세계는 커튼 뒤에 숨었다. 성의 없는 박수 소리에 귀를 기울이며, 이제 끝나 버린 연극의 텍스트를 가만히 끌어안고. 박수 소리가 시들해질 때 즈음 남자 주인공이 커튼을 열고 세계의 손목을 끌어당겼다. 사람들의 시선이 세계에게 쏠리자 세계는 목소리마저 잃어버렸다. 남자 주인공이 외쳤다.

"지문에 이세계입니다."

사람들이 웃었다. 누군가 휘파람을 불었다.

세계는, 세계는 웃고 있나? 얼굴을 붉혔나?

나는 세계의 얼굴에서 자랑스러움과 모욕감을 동시에 읽는다. 그것은 어쩌면 세계의 감정이 아니라, 세계를 통해 내가 느낀 감정인지도 모르겠다. 나는 세계를 대신하여 자랑스러움과 모욕감을 동시에 느끼고 있다. 그것은 세계의 마음일까? 나의 마음일까?

진짜인지 가짜인지 모를 세계의 마음이 자꾸만 내게 온다. 먼지 날리는 소극장에서 지문을 백 번씩 읽으며 암기하는 세계를 만난 가을 저녁부터, 연출하는 선배에게 욕을 먹고 혼자 담배를 피우던 세계의 오그라진 등을 엿본 겨울부터, 술에 취해 '나는 어떻게 살아야 해요'를 외치는 세계에게 달리 해 줄 말이 없어 가만히 그의 손 위에 내 손을 포갰던 어느 초봄부터, 나는 진짜인지 가짜인지 알 수 없는 세계의 마음을 담아 간다.

"수고했어요."

나는 무대에서 내려온 세계에게 꽃다발을 내밀었다.

"촌스럽게 무슨 꽃다발이에요."

세계의 말에 얼굴이 붉어졌다.

"데뷔 무대잖아요."

"아니에요. 그냥 지문을 읽은 건데요."

세계의 목소리가 갈라진다.

"그 정도면 훌륭한 거죠. 내 첫 역할은 나무였어요. 어린이 연극이었거든요."

세계가 눈을 동그랗게 뜨며 물었다.

"대사가 있었나요?"

"대사는 아니고, 그냥 휘이휘이."

"그게 뭐예요?"

"나무 흔들리는 소리요."

"휘이휘이."

세계가 웃는다. 초승달을 닮은 눈이다. 시커먼 하늘에 자신의 일부를 숨기고 가느다란 미소만 내보이는, 너무 오래 숨겨 놓았다가 숨겨 놓은 것을 모두 잃어버리고 남은 웃음. 나는 세계가 감춘, 세계가 잃은 나머지 것들을 내 멋대로 상상했다. 시커멓게 가려진 그곳에는 토끼 같은 희망들이 널뛰고 있을까. 세계가 웃고, 내가 웃고, 세계가 나를 바라보고, 내가 세계를 바라본다. 10초, 20초, 아니 초와 분과 시로 나눌 수 없는, 수심처럼 깊이로만 측정할 수 있는 정지된 순간. 나는 세계에게 나의 마음을 온전히 들키고 싶었으나, 또 껍질처럼 내 마음을 감싸고 있는 울퉁불퉁한 나를 들키는 것이 부끄러워 고개를 숙인다. 그의 눈에 담기는 것이 나의 축 처진 눈과 억울한 입매와 구부러진 이마 그리고 어깨에 묻은 피로한 삶일까 봐, 나는 나를 숨기기 위해 나의 마음을 숨겼다.

"웃는 게 강아지 같네."

세계의 말에 얼굴이 달궈졌다. 나는 두 손으로 볼을 감췄으나 더 뜨거워진 마음은 가릴 길이 없어 벌거숭이로 춤을 췄다.

얼마나 붉었을까, 나의 마음은?

세계는 붉어진 벌거숭이를 봤을까?

연극이 끝난 후 뒤풀이, 취한 세계의 얼굴이 붉었다. 연출한 선배가 주는 술을 단 한 잔도 거절하지 못한 세계는 이내 고꾸라졌다.

"쟤는 지문을 읽어도 어색해."

누군가 세계를 가리키며 말했다.

"저거 봐라, 술 취한 모습도 어정쩡하지 않냐?"

선배의 말에 사람들이 웃었다. 세계는 구석에 앉아 커다란 가방 안에 온몸을 구겨 넣으려는 사람처럼 몸을 웅크렸다. 누군가 지문을 읽는 세계를 흉내 냈다. 선배가 큰 소리로 웃었다. 그의 웃음은 선의인지 악의인지 구분하기 어렵다. 대학 시절 4년 내내 선배를 따라다니면서 연극을 했지만, 이제는 그가 어떤 사람인지 잘 모르겠다. 내게 그는 그저 비틀린 사람. 처음부터는 아니었을지라도 선배는 지금 선배의 입술처럼 비틀어진 사람이 되어 버렸다. 무슨 이유였을까? 친구들이 취업을 고민할 때 브레히트를 말할 수 있다는 자부심이 이제 와 연봉 앞에 부끄러워져서? 오래 사귀었던, 결혼은 말고 동거만 하자던 여자가 어느 날 갑자기 공무원에게 시집을 가서? 자세도, 표정도, 말도, 살아가는데 필요한 자양분을 제대로 얻지 못해 뒤틀린 식물처럼, 세월에 쥐어 짜인 사람처럼 선배는 비틀어졌다. 나는 오랫동안 소망이나 바람, 열정 같은 것들이 아름다운 화단을 만들 것이라고 믿었던 생각을 선배를 보며 버리게 됐다. 감당할 수 없이 그저 뜨겁기만 한 것들은, 가진 것 없이 무한히 자라려는 열망들은 우리 안에 사막을 만든다. 푸르른 것 한 줌 자라나지 않는, 기괴한 어떤 것들만 몸을 비틀며 자라나는 사막을 만든 선배처럼, 그리고 어쩌면 나처럼.

선배와 눈이 마주쳤다. 그가 내게 다가왔다. 자신이 권하는 술을 괴로운 얼굴로 받아 마실 상대를 찾아냈다는 즐거움과 매번 울거나 화를 내며 끝이 나는 이 뻔한 상황극에 대한 권태가 반반 섞인 얼굴로 그는 내게 술잔을 내밀며 물었다.

"너는 이제 살만 하냐? 그래서 월급은 얼마나 받냐? 취직했다고 맡았던 역할도 내던지고 갔으면 오늘 술값은 네가 내야 하는 거 아니야?"

비틀어진 입술이 실룩거린다. 예의 없다. 그가 문장 끝에 흘린 콧바람 소리가 선의인지 악의인지는 구분할 수 없으나, 사람에 대한 예의가 빠진 것만은 분명하다. 그에게 묻고 싶었다. 그러니까 그 질문은 내게 모욕을 주기 위한 것이냐고. 선배는 모르겠지. 대학을 졸업하고 연극판에 기웃거리다가 동네 학원 상담교사로 취직하는 사이에 내가 제법 모욕을 잘 견디는 사람이 됐다는 것을. 수십 번의 오디션과 면접에서 떨어지는 동안에 매번 조금씩 강도가 세지는 모욕을 견디는 일이 나의 역할이라는 사실을 깨달았다는 것을. 그러니까 이쯤 되면 그가 던진 질문에 살만 하다고 대답할 수 있지 않겠는가. 그렇습니다. 나는 살만 합니다. 이 정도 모욕은 충분히 견디고 말고요. 나는 결국 선배의 빈 잔에 술을 따르며 말했다.

"선배, 나도 힘들어요. 내 사정 알면서 그래요."

그제야 선배의 얼굴이 풀렸다. 아마도 그는 뇌출혈로

쓰러진 후에 다리를 절게 됐다는 내 아버지와 그 아버지보다 더 늙은, 이도 없고 머리카락도 없고 정신도 없는 할머니와 함께 살아가는 내 처지를 떠올렸을지도 모르겠다. 되찾은 동지 의식이었을까. 그가 내게 다시 다정한 미소를 건넨다.

"그래, 너도 힘내라."

차라리 배신자 취급을 받을 것을, 힘내라는 말은 살만하냐는 질문보다 조금 더 모욕적이다. 힘을 내서 인생이 주는 더 강력한 모욕들을 견디며 살아가라는 뜻인가. 그러나 나는 이번에도 참아 낸다. 아슬아슬하게, 그의 얼굴에 침을 뱉고 싶은 마음을 누르면서. 무엇을 위해서? 어차피 목소리를 높여 봐야 아무것도 달라지는 것은 없다는 뻔한 절망을 위하여. 모든 것을 참아 내도 모욕이 나를 비켜 갈 일이야 없겠지만, 이렇게 입을 다물면 적어도 피로감은 덜할 것이라는 알량한 위안을 위하여.

밤거리, 술에 취한 사람들이 하나둘 퇴장한다. 24시간 감자탕집으로, 모텔로, 아니면 어느 남자애의 자취방으로. 고장 난 가로등만 깜빡이는 이 거리에 세계와 나만이 남았다. 세계는 길바닥에 주저앉아 우동 몇 가닥을 토해 냈다. 고작 우동 몇 가닥, 먹은 게 그것이 전부이니 속이 얼마나 괴로울까. 나는 세계의 등을 두드렸다. 세계의 등이 뜨겁다. 아직 쌀쌀한 3월의 밤, 찬 바람에 코끝이 시린데 세계의 등을 두드리는 손끝은 찌릿할 정도로 뜨겁다. 나는 세계를 대신하여 세계의 뜨거운 등이 아프다. 이렇게 뜨거운 것을 등에 지고 사는 세계는 어쩐지 아플 것 같다.

"왜 이러고 살아요?"

나는 세계에게 물었다. 세계가 붉게 충혈된 눈으로 나를 바라봤다. 가로등이 지지직 소리를 내며 조금 더 격렬하게 깜빡였다. 달빛은 어디로 갔나. 세계의 얼굴이 하얗게 질려 있다.

"그러는 그쪽은 왜 그러고 살아요?"

세계가 되물었다. 소매 끝으로 입가에 묻은 토사물을 닦아 내며, 기쁨도 슬픔도 놀라움도 아픔도 없이, 지문을 읽는 듯한 말투로.

"내가 왜요?"

나는 세계에게 반문했다.

"그냥 사는 게 답답해 보여서."

세계의 눈이 붉어졌다. 세계가 우나? 세계는 지금 울고 있나? 기쁨도 슬픔도 놀라움도 아픔도 없이 지문처럼 그렇게 울 수도 있는 것인가? 울음인지 지문인지 모를 세계의 소리에 귀를 기울이며, 허락 없이 그의 마음속으로 달려든다. 나는 세계가 우는 이유를 알고 싶다.

"왜 울어요?"

눈물을 닦는 세계에게 물었다.

"토하면 다 울어요."

세계의 대답은 변명 같다.

"슬퍼서 우는 것 같은데."

"슬퍼서 울면 매일 울게요."

세계가 말했다.

"뭐가 그렇게 슬퍼요? 매일 울게."

"그냥 다. 해가 떠서 해가 질 때까지 나는 늘 나이고, 어디로 가긴 가는데 어디로 가는지 잘 모르겠고, 이게 아닌데 생각하면서도 달리 어떻게 할 방법이 없고. 이게 안 슬퍼요?"

세계의 대답이 진심 같다.

"왜 울어요?"

세계가 내게 물었다.

나도 모르는 사이에 제법 뜨거운 것이 볼을 타고 흘러내렸다. 그러나 내가 우는 것은 해가 떠서 해가 질 때까지 나는 늘 나이기 때문이 아니다. 내가 우는 것은 바람이 차기 때문이다. 아니, 바람보다 더 차가운 세계의 세계 때문이다. 세계의 뜨거운 등 속에 사는 추운 마음이 차갑기 때문이다.

"추우면 콧물처럼 눈물도 나와요."

나의 대답은 변명 같다.

"이제 봄이에요."

세계가 내 손을 잡았다. 세계의 말에, 기쁘지도 슬프지도 놀랍지도 않은, 지문 같은 세계의 그 말 한마디에 저기 깊고 어두운 길 끝에서 봄이 찾아온다.

나는 세계의 말에 봄이 오고 있다고 믿는다.

"울지 말아요."

세계가 말했으니 이제 나는 울음을 그쳐야 한다. 세계는 무대 위의 신이다. 세계의 말에 봄이 오고, 세계의 말에 나는 울음을 그친다.

"둘 다 울어서 쪽팔리니까, 오늘은 암전."

세계가 외쳤다. 거짓말처럼 가로등이 꺼졌다. 우리를 향해 다가오던 행인 1의 그림자가 오늘의 마지막 대사를 외친다.

"아, 이 좆같은 동네."

가로등이 고장 난 이 좆같은 동네는 이제 암전. 지금부터 사람들은 나와 세계를 볼 수 없다. 우리는 무대에서 내려가는 길을 찾아 더듬더듬 걸었다. 나의 오른팔이 세계를 지탱하고, 세계의 왼팔이 나를 감싸 쥔 채로.

그 캄캄한 곳을, 그럭저럭 넘어지지도 다치지도 않고.

그날 이후 나는 세계와 일주일에 꼭 세 번을 만나 서로의 등을 두드려 줬다. 어느 날은 술에 취해 라면을 토하는 세계의 등을 내가 두드려 줬고, 어느 날은 삼각김밥을 먹고 체한 내 등을 세계가 두드려 줬다. 그러니까 밥을 먹고 술을 마셔야지, 그렇게 삼각김밥은 전자레인지에 데워 먹어야지. 유익할 것 없는 잔소리를 늘어놓으면서 우리는 자주 가는 식당에서 카레라이스를 먹고, 커피나 그보다 더 달달한 음료들을 마시고, 몇 개의 지하철역과 역 사이를 알맹이 없는 이야기들을 주고받으며 걸었다.

세계를 만나고 집으로 돌아가는 길에는 노을이 있었다. 희미한 달빛이나 깜박이는 가로등 혹은 '콩나물 해장국집', '영웅 포차' 같은 간판만이 반짝이던 내가 사는 세상에 어느 날 노을이 찾아왔다. 하루가 저무는 모습을 잊었던 나는, 저물어 가는 것이 그토록 아름답다는 것을, 곧 과거가 되고 말 순간에도 세상은 온통 장밋빛으로 오늘을 추억하고 있다는 것을 깨닫게 됐다. 나는 세계와, 세계와 함께 있는 시간과 노을을 알아 버렸다.

세계를 생각하면, 세계의 마음을 생각하면 목적지가 어디쯤일지 알 수 없는 바다로 항해를 나아가는 기분이다. 두 팔로 다 안을 수 없는 바다 위에 세계와 나의 마음을 실은 작은 배가 떠다닌다. 세계의 마음이 멀미를 하면 나의 마음이 세계의 등을 토닥거려 주고, 시커먼 파도가 무서워 나의 마음이 울면 세계의 마음이 내 등을 쓰다듬어 주고.

어디까지 갈 수 있을까,

우리의 마음을 실은 그 배는.

하늘이 벚꽃보다 붉은 어느 저녁, 나는 걸음을 멈추고 세계에게 물었다.

"너는 연극이 왜 하고 싶어?"

"왜?"

"그냥 궁금해서."

"사람들이 내 말을 들어주니까."

"그것 때문에?"

"그 기분 알아? 물속에 얼굴을 처박고 말하는 기분. 내가 그래. 늘 그랬어. 좋아하는 건 말할 것도 없고, 어릴 때부터 싫다는 게 있어도 아무도 내 말을 안 듣는 거야. 나 김치 안 먹는 거 알지? 너도 몰랐나? 나는 이상하게 김치가 싫어. 그런데 우리 엄마는 27년째 내 앞에 김치만 내밀어. 내가 단무지를 좋아한다. 그런데 식당에 가면 단무지가 꼭 모자라. 그래서 단무지를 더 달라고 말을 한단 말이야. 그런데 분명히 더 달라고 했는데 단무지가 안 와. 물어보면 까먹었대, 미안하대. 내 단골집 말이야, 그 식당. 그 집은 더 달라고 할 것도 없이 아예 처음부터 단무지를 많이 줘서 다니는 거야. 어느 날 그런 생각이 들더라. 아, 이건 목소리의 문제가 아니다. 그냥 내 말은 사람들에게 닿지 않는 거다. 그래서 생각했지. 어떻게 말하면 사람들이 내 말을 들어 줄까. 그러다가 어느 날 연극을 한 편 봤는데, 어떤 배우가 진짜 듣기 싫은 목소리로 대사를 하는 거야. 그런데 사람들이 그걸 가만히 듣고 있더라. 극장이란 곳이 그래. 거기 온 사람들은 들을 수밖에 없어. 컴컴한 곳에 가둬 놓고 핸드폰도 못 보게 하고 딴짓도 못 하게 하니까."

노을이 세계의 얼굴 위로 번졌다. 나는 목적지에 닿지 못하고 힘없이 추락하는 그의 말들을 생각했다. 벚꽃 잎처럼 살랑살랑 무게없이 떨어지는 그 예쁜 말들이 나와 세계의 마음을 실은 배 위에 살포시 내려앉는다.

가자, 무게 없는 꽃잎 같은 말을 실은 배여, 어디든 멀리. 하루 끝에서 우리가 함께 내일을 기대할 수 있는 곳이라면 어디든.

한참을 말없이 걷던 세계가 내게 물었다.

"그날, 꽃다발은 왜 준 거야?"

"꼬시려고."

"나를?"

"응."

"왜?"

"알아봤거든."

"나를?"

"응."

"뭘?"

"널 알아봤어, 세계야."

세계는 머리를 갸웃거리며 해가 지는 쪽을 향했다. 세계가 사는 곳, 우리 집 반대편. 세계는 세계가 사는 곳을 향해 내게 등을 보이며 걸었다. 나는 세계의 뒷모습을 보며 그의 등을 표현할 적당한 말을 찾으려 애썼다. 아무것도 쓰여 있지 않은 백지의 천근 같은 무게, 수많은 말을 가둔 표정 없는 얼굴, 소리 없이 서러운 울음. 뻔하고 모호한 문장들과 함께 세계의 등이 오늘과 함께 멀어진다. 나는 달려가 등이 뜨거운 세계를 안아 버리고 싶었으나, 그렇게 멀어지는 세계와 오늘을 붙잡고 싶었으나 쉽게 발을 떼지 못했다. 뜨거운 것을 함부로 만졌다가 벌겋게 남겨질 상처가 두려워서, 점점 저무는 오늘이 되어가는 세계의 등을 바라만 보다가 그를 향해 외쳤다.

"잘 가, 세계야. 내일 봐."

저만치 가던 세계가 손을 흔든다.

내일, 어쩌면 내일은 반대편에 사는 세계가 등을 보이지 않고 내가 사는 이곳으로 저벅저벅 걸어올 수도 있지 않을까? 아니 우리가 함께 동쪽도 서쪽도 아닌, 해가 지고 뜨는 것이 게으른 남쪽의 어느 나라로 갈 수도 있지 않을까? 그런 태평한 꿈을 꿔도 되지 않을까? 속없는 그 꿈속에서 세계와 내가 함께 살아도 괜찮지 않을까?

어느 날 나는 세계를 알아봤다. 극장의 구석진 자리에서 백 장의 포스터를 둘둘 말고 있는 세계를, 모두가 떠난 무대 위에서 읽기만 하면 그만인 지문을 달달 외우며 연습하는 세계를 내가 알아봤다. 바보 같은 세계, 포스터를 그렇게 힘차게 말아 놓으면 반듯하게 붙이기 힘들 텐데. 지문을 열심히 외워서 뭐하나? 그냥 읽으면 되는 것을. 그러니까 아무것도 잘하는 게 없는, 포스터도 잘 못 붙이고 연기도 못 하며 지문도 못 읽는, 그저 잘하려고 애만 쓰는 세계를 나는 알아본 것이다. 그렇게 애써 봐야 아무것도 되지 않는, 그래서 발버둥치다가 점점 지쳐 갈 세계를, 나와 닮은 세계의 미래를. 내가 그를 안다. 세상 사람들이 모르는 귀퉁이에 박혀 사는 세계를, 모서리에 웅크린 세계의 오늘을 나는 알고 있다.

세계와 내가, 우리가 되어 사랑이라는 것을 하면 사는 게 조금은 나아질까. 어느 날의 저녁노을처럼 세상에 아름다운 것들이 그렇게 하나둘 고개를 내밀게 될까. 될 일 없는 희망과 그저 먹고 사는 일에 한평생을 시달린다고 해도 세계와 내가 사랑이라는 것을 하고 살면, 게으른 풍경을 보는 것만으로도 조금 나아질 수 있을까.

나는 요즘 그것을 매일 생각한다. 사랑하면 조금 나아질 세계와 나, 너무 뜨거워 아픈 세계의 등과 남쪽의 어느 나라 그리고 저녁노을 같은 것을.

비가 오는 수요일, 집으로 돌아오는 길에 넘어진 아버지를 봤다. 검은 봉지를 끌어안고 물이 첨벙첨벙한 아스팔트 바닥에서 발버둥치던 아버지를 본 순간, 나는 잠시 걸음을 멈췄다. 아버지를 향해 달려가야 하는데 발이 떨어지지 않았다. 다음 대사를 잊어버린 사람처럼 잠시 정지. 언젠가 무대에서 대사를 잊은 적이 있다. '아'하고 입을 벌렸는데 다음 말이 떠오르지 않아 스무 줄이 넘는 대사를 통째로 날렸다. 그리고 암전. '야, 내려가.' 누군가 내게 속삭였다. 불이 꺼진 무대는 퇴장의 신호다. 그러니 나는 아버지를 보며 생각했다. 지금 누군가 불을 꺼 줬으면 좋겠다고. 아무도 모르게 넘어진 아버지를 두고 퇴장할 수 있도록.

"염병하네."

아버지의 대사다. 불은 꺼지지 않았다. 극은 계속되어야 하고 이제 내가 등장해야 할 차례다. 나는 벌린 입을 다물고 천연덕스럽게 아버지를 향해 뛰었다.

"안 다쳤어요?"

나는 좋은 연기자인가.

아버지는 자신을 향해 내민 나의 오른손에 검은 봉투를 건넸다. 아직은 뜨끈한 찐빵이 담긴 봉투 안에서 하얀 김이 올라왔다.

"할머니가 찐빵 드시고 싶다고 해요?"

나는 기울어진 아버지의 몸을 왼손으로 감싸고, 찐빵이 세 개 들어 있는 검은 봉지와 우산을 오른손에 들고, 양쪽의 불균형한 무게에 휘청거렸다.

"됐다. 찐빵이나 하나 꺼내 먹어라."

아버지는 땅바닥에 손을 짚고 몸을 일으켜 세우려 애를 썼다. 나는 그의 동작이 어쩐지 슬랩스틱 코미디 연기에 가

깝다고 생각했다.

바닥에서 겨우 일어난 아버지가 내 왼팔을 붙잡으며 말했다.

"어서 뜨거울 때 먹어, 식으면 맛없어."

나는 아버지에게 붙들린 왼손도, 우산과 검은 봉지를 든 오른손도, 어느 하나 자유롭게 움직일 수 없어 고개를 저었다.

"손이 없어요."

아버지는 그제서야 내게 기댄 몸의 무게를 덜어 냈다. 그리고 진흙이 묻은 손으로 검은 봉지를 벌려 찐빵을 꺼내 반을 갈라 내 입속에 넣었다. 뜨거운 팥에 입천장 껍질이 벗겨졌다. 밀가루 반죽은 너무 질겨 몇 번을 씹어도 목구멍으로 넘어가질 않았다. 나는 그것을 씹어 삼키기 위해 애쓰며, 아버지의 무게가 덜어진 왼쪽 손과 찐빵이 두 개밖에 남지 않은 검은 봉지의 가벼운 무게를 체감했다. 너무 가볍다. 너무 가벼워 온 마음이 휘청거릴 정도로.

"아버지, 다음부터는 열 개씩 사요. 봉지 가득, 열두 개씩 사."

나는 더러워진 아버지의 옷을 털며 말했다.

"누가 먹는다고. 뜨거울 때나 먹을 만하지, 식으면 맛도 없는 거."

아버지는 내 손을 뿌리치고 다시 걷기 시작했다. 내게 뒤처지지 않기 위해 마음처럼 따라오지 않는 두 다리 대신

두 팔을 분주하게 움직이며, 다시 넘어지지 않기 위해 온몸에 힘을 주며 걷는다.

아버지는 성실한 연기자인가.

"내가 먹을게. 내가 다 먹을 거니까 세 개 말고 열 개씩, 열두 개씩, 제발 그렇게 사요. 아버지, 이렇게 아무것도 없는 검은 봉지만 덜렁덜렁 들고 다니지 말고, 찐빵이라도 열 개씩 사, 제발."

아버지는 말이 없다. 뒤도 돌아보지 않고 그저 절뚝거리며 걷는다. 별 의미 없이 그저 절뚝거리는 역할, 세상에는 그런 역할도 있는 것이다. 나는 아버지를 앞지르지 않기 위해 느린 걸음을 걸었다. 언제나 그랬던 것처럼 그는 나를 다섯 보쯤 앞질러 그 뻔한 길을 안내한다.

"걸음 느린 것도 영락없네. 딱 네 엄마다."

아버지가 뒤를 돌아보며 말했다.

걸음이 느렸던 엄마, 작은 발로 마트에 갔다가 찐빵 가게에 들러 할머니와 나, 아버지, 엄마가 먹을 찐빵 네 개를 사서 돌아오면 하루가 다 가 버린, 이 작은 동네가 세상의 전부였던 사람. 그렇게 느리게 오래 살 줄 알았는데. 교통사고였다. 느린 걸음으로 찐빵을 사서 돌아오는 해 질 무렵. 세계와 내가 봤던 그토록 아름다운 노을이 잠시 머문 시간에 머리부터 쾅. 암전, 퇴장.

인생이란 형편없는 시나리오 작가가 쓴 개연성 없는 극이 분명하다. 기껏 동네를 오간 것이 전부인 사람에게 그토록 극적인 죽음까지 마련할 필요는 뭐가 있었을까. 운명과 저주와 복수, 목숨을 건 사랑 따위와는 아무 상관 없는, 매일 같이 그저 찐빵을 네 개씩 사다 나른 삶이었는데.

절뚝거리는 역할을 충실히 해내는 아버지의 뒷모습을 보며, 나는 심심한 연극의 무능한 연기자로 살아가겠노라 다짐했다. 목에 힘주지 않고 앞줄에만 겨우 들릴 정도로 소곤소곤 대사를 하고, 소란스럽지 않게 웃고 조금 울며, 부담스러운 모노드라마도 시끄럽고 거창한 연극도 아닌 두세 사람이 나와 적당히 서로에게 기대어 이끌어 나가는 극의 연기자가 될 것이라고.

그저 다리를 저는 아버지와 네발로 기어야 하는 할머니는 처연하지 않은 착한 조연으로,

큰 소리로 전할 필요 없는 마음을 안은 나와 세계가 아무도 알아보는 이 없는 주연으로,

그렇게 오래 연극을 하고 싶다고.

아버지보다 느리게 걸으며,

아무리 달리 생각해도 처연하기만 한 그 뒷모습을 바라보며,

그 재미없는 연극을 소망했다.

세계가 카레라이스를 남겼다.

"맛이 없어?"

"긴장해서 그래."

세계의 얼굴에 작은 근육들이 경련한다.

"대충해."

"너도 내가 안 된다고 생각해?"

세계의 얼굴의 작은 근육들이 굳는다.

"아니, 그냥 영화 단역이니까 너무 부담 갖지 말라고."

"또 떨어질 거 같아?"

세계의 입술이 떨린다.

일곱 번째 오디션에 떨어진 세계는 떨어지는 좌절감을 느끼기 위해 오디션을 보러 다니는 사람처럼 오직 떨어지는 것에만 집중한다.

"긴장하면 대사를 잊어버리니까 하는 말이야."

"저번에는 대사가 길어서 그랬던 거야. 이번에는 두 마디인데 그걸 잊는 바보가 어디 있어?"

세계의 입술이 실룩거린다.

"지문 읽는 것도 제대로 못 해서 멍하니 서 있을 때도 있으면서."

하지 않았어야 하는 말이다. 그러나 점점 예민해지는 세계의 마음이 내 안에 들어와 말과 숨을 뾰족하게 만든다.

"갑자기 종이가 하얗게 보였다니까. 너는 그런 적 없어? 누가 들으면 너는 연기의 신인 줄 알겠다."

세계의 입술이 조금 비틀린다.

"그만하자. 밥 먹어."

"너도 내가 쓸데없는 짓을 하고 다닌다고 생각하지? 솔직히 말해 봐. 다들 그렇게 생각하는 거 알아."

"넌 연기가 왜 하고 싶어?"

"내가 전에 말했잖아."

"아니, 그런 이유 말고."

"그런 이유가 어떤 이유인데?"

"사춘기 애도 아니고, 직업을 어떻게 그런 이유로 결정하냐?"

"그럼 너는 직업을 어떻게 결정하는데?"

세계가 나를 노려본다. 처음 보는 세계의 눈빛에 나는 그저 억울하다. 세계가 나를 노려보는 것이 억울하고 지금의 나 자신이 나를, 세계를 만족시키지 못한다는 사실이 억울하다.

"먹고 살려고. 먹고 사는 것보다 중요한 게 뭐가 있어?"

나 역시 세계를 노려봤다. 세계가 눈을 깜빡인다. 검은 커튼 같은 속눈썹이 닫혔다 열릴 때마다 둥글었던 세계의 눈빛이 뾰족하게 갈린다.

"그거 모르는 사람 없어. 몰라서 이러는 거 아니야."

"그럼 뭐야?"

"할 게 없어."

"왜 없어?"

"뭐든 희망이라는 걸 걸어 볼 곳이 있어야 살 거 아니야. 넌 안 그래?"

나는 입을 다물었다. 내게 희망이란 그저 세계와 내가 사랑을 하고 카레라이스를 함께 먹는 일이 사는 것을 조금 더 나아지게 할 것이라는 기대가 전부인데. 아니, 그런 것을 희망이라고 불러도 되나? 언젠가 카레라이스에 질리고, 수천 년 동안 반복된 노을은 아무 의미 없이 보낸 하루 끝의 좌표 정도가 되고 말 텐데, 그 뻔한 결말을 희망이라고 말해도 되는 것인가?

"세계야, 일단 밥 먹어. 너는 밥 먹고 오디션을 잘 보고, 나는 여기서 널 기다리고, 지금은 그냥 그렇게 하자."

세계의 마음이 아프다. 아픈 세계의 마음이 내게 고스란히 전해졌다. 세계를 아프게 하는 것이 오디션이 아니라 나라는 사실에 나 역시 목구멍이 따가웠다. 세계는 결국 카레라이스를 반이나 남기고 떠났다. 그가 오디션을 보러 간 사이, 근처 커피숍에서 세계를 기다렸다. 오래 걸릴 것이라는 걸 알고 있었지만 커피잔 바닥에 말라붙어 버린 커피에 자꾸 갈증이 났다. 1년 전이었던가. 오디션을 보러 갔던 나를 이렇게 기다리다가 마른 커피잔만 남기고 가버린 사람이 있었는데. 그날, 그러니까 나의 마지막 오디션에서 세 시간을 기다린 끝에 만난 영화감독이 내게 물었다.

"본인이 맡은 역할이 어떤 역할이라고 생각해요?"

주인공한테 얻어맞는 술집 여자 역할을 어떤 역할이라고 설명해야 하나 한참을 고민하다가 대답했다.

"불쌍한 역할?"

그가 피식 웃으며 내게 말했다.

"불쌍한 사람은 자기가 불쌍한지 잘 몰라. 불쌍하다고 생각하면서 불쌍한 역할을 연기하면 어떻게 하나. 김유나 씨가 맡은 역할은, 그러니까 기다리는 역할이에요. 주인공이 스탠바이 될 때까지, 내가 오케이 할 때까지, 눈이 오나 비가 오나, 오래오래 입 다물고 기다리는 역할."

오디션은 떨어졌지만 그의 말은 남았다. 오래오래 입 다물고 기다리는 역할, 그런 것이라면 자신 있었는데. 무엇인지 모를 것을 기다리면서 해야 할 말들을 하지 않고 입을 다무는 일, 그것 하나만은.

오래 기다렸다.

세계가 왔다.

"오래 기다렸어?"

세계가 물었다.

"세 시간?"

"오래 기다렸네."

"잘했어?"

세계가 고개를 저었다.

"대사를 잊어버렸어."

"왜? 겨우 두 마디라며."

"거기 앉아 있는데, 또 수백 명이 왔더라. 그 수백 명이 다 나 같아. 두 마디를 중얼중얼 쉬지 않고 외우는 거야. 옆에서 앞에서 외우는 대사 소리를 듣고 있으니까 머리가 깨질 것 같더라고. 내 차례가 되어서 들어갔는데 갑자기 아무 것도 생각이 나질 않는 거야. 너무 오래 기다리다가 잊어버렸나 봐."

세계의 입술이 떨렸다.

그러네. 오래 기다리면 잊지. 크리스마스에 오지 않는 산타를 오래 기다리다 잊었고, 전학 간 단짝 친구의 편지를 오래 기다리다 잊었으며, 어쩌면 무언가 되지 않을까 품었던 희망을 오래 기다리다 잊었는지도 모르지. 나는 이제야 그 오디션에서 내가 떨어진 이유를 깨달았다.

그러니까 나는 잊은 사람이다. 아무리 오래 기다려도 대사를 잊어서는 안 됐는데, 너무 오래 무언가를 가만히 입을 다물고 기다리다가 대사를 잊어버린, 대사만큼 중요한 무언가를 잊은, 아니, 잃어버린 사람.

세계는 대사와 할 말을 잊었고,

나는 위로의 말을 잃었다.

우리는 무언가를 너무 오래 기다리고 있다.

무엇일까?

우리에게 오지 않은 것은,

앞으로도 오지 않을 그것은,

우리가 세상에 하지 못한 말들은,

잊어버린, 잃어버린 우리의 대사는.

벚꽃이 졌다. 버스는 봄이 가는 길을 무심히 달렸다. 창가에 기댄 세계는 말이 없다. 더운 날이 찾아오면서 세계가 유독 더위에 약한 사람이라는 것을 알게 됐다. 세계는 지친 얼굴로 창가에 머리를 기댔다. 나는 손을 뻗어 세계의 이마에 달라붙은 머리카락을 떼어 주려 했으나, 신경질적인 그의 표정에 가만히 물러섰다.

"끈적여서 싫어."

세계가 말했다.

'싫다'는 말에 손가락이 아팠다. 그저 끈적여서 싫다는 것인데, 손가락을 깨물린 것처럼 아리었다.

세계가 가야 하는 길과 내가 가야 하는 길이 갈라지는, 우리가 늘 헤어지는 정류장에 도착했을 때, 세계가 내 팔을 잡아당겼다. 세계는 울상을 지으며 핸드폰을 잃어버렸다고 말했다. 나는 잘 찾아보면 있을 거라고 달래면서도 사실은 이미 틀렸다고 생각했다. 그런 것이 쉽게 다시 찾아질 리가 없지 않은가. 어디서 흘린 것일까? 버스? 아니면 분식점?

세계는 정류장 바닥에 가방에 들어 있던 모든 것을 탈탈 털어놓았다. 너덜너덜해진 〈정의의 사람들〉 대본(아직도 지문을 외우고 다니는 걸까?), 구겨진 영수증, 5년 전 유행이었던 브랜드의 지갑, 함께 공연하는 선배들에게 받은 콘돔과 길에서 나눠 준 화장품 샘플, 지문을 열 번쯤 옮겨 적은 노트.

사람들이 세계를, 세계의 낡은 가방을, 세계의 보잘것없는 물건들을 힐끗대기 시작했다. 부끄러웠다. 내가 부끄러운 것이 세계인지, 세계의 가방인지, 바닥에 떨어져 있는 세계의 물건들인지 알 수 없지만, 나는 세계와 함께 무대 한가운데에서 사람들의 시선을 받는 것이 점점 부끄러워졌다.

　"세계야, 그만해."

　"그거 할부도 안 끝난 거야."

　"여기 없으니까 다른 데 찾아보자."

　"할부도 다 안 끝났다고."

　세계의 목소리가 높아졌다. 나는 사람들의 시선을 느끼며 세계의 팔을 세게 잡아당겼다.

　"그냥 식당에 전화해 봐."

　"너 그 식당 이름 알아?"

　세계가 물었다. 그 집 이름이 뭐였더라. 세계와 내가 단골인 그 식당은 아마도 너무 평범한 이름을 가지고 있어서 기억할 수 없거나, '식당'이라고밖에 불리지 않거나, 간판의 받침이 떨어졌거나, 간판과 상관없이 그 집 아이의 이름으로 불리는 곳이 분명한데, 그 집 이름이 뭐였더라, 아, 하고 입을 벌리고 그다음 말이 생각나지 않아 멍하니 서 있는데 세계가 소리쳤다.

　"생각 좀 해 보라고."

　그의 목소리에 담긴 짜증이 어제 아이의 시험 성적 결

과를 항의하러 왔던 학부모를 떠올리게 했다. '생각 좀 해 보시라고요'라고 외쳤던, 나와 다른 무대 위에 서 있던 사람.

"왜 나한테 그래?"

나는 잡고 있던 세계의 팔을 놓았다.

"아 진짜, 할부도 안 끝난 거라고 말했잖아."

세계의 얼굴이 짓밟힌 꽃잎처럼 붉게 으스러졌다. 나는 그의 얼굴을 보는 것이 괴로워 고개를 돌렸다. 그리고 뒤도 돌아보지 않고 걷기 시작했다. 등 뒤에서 들려오는 세계의 말은 내게 닿지 못하고 바닥에 떨어져 나뒹굴었다. 나는 추락한 꽃잎을, 그의 말을 정신없이 밟으며 세계로부터 도망쳤다. 얼마나 걸었을까. 실타래처럼 엉킨 골목과 상가들이 순식간에 세계와 나 사이에 생긴 거리를 촘촘히 메웠다. 가쁜 숨을 가라앉히고 낯선 거리에 멈춰 섰을 때, 그제서야 세계가 있던 자리가 보이지 않는다는 것을 깨닫게 됐다. 너무 멀리 왔다. 정류장에 남겨진 세계를 떠올렸다. 전화를 걸어야 하나. 화가 나서 순간적으로 자리를 피한 것이라고 변명이라도 해야 하나. 그러나 세계가 전화기를 잃어버렸으니 전화를 걸 수도 없지 않은가. 내가 전화를 걸면 분식집이나 버스나 그도 아니면 거리에서 잃어버린 전화기가 혼자 울려 댈 텐데. 그렇다면 내가 잃어버린 것은 무엇인가. 혹시 세계인가. 버스들이 왔다가 떠나는 정류장이나 사람들의 시선이 무서웠던 거리에서 세계는 혼자 울고 있을 텐데. 그러니 나는 돌아가야 하나, 세계가 식당으로 핸드폰을 찾아 돌아가야 하는 것처럼 나 역시 세계를 찾으러 돌아가야 하나. 지금 돌아가면 나는 잃어버린 세계를 되찾을 수 있나.

세계는 아직 거기 있을까.

나는 어느 곳으로 향하는지 모르는 길목에 서서 한참을 망설이다가 다시 뛰기 시작했다. 모퉁이를 돌고 골목을 빠져나와 정류장으로 돌아가는 길, 해가 지고, 버스가 떠나고, 짙푸른 밤이 파도처럼 밀려왔다.

다시 돌아가면 세계가 있을 것이라고 나를 달래면서, 조명이 꺼진 그곳에 세계가 있을 리 없다고 나를 질책하면서, 나는 세계를 되찾기 위해 달렸다. 무명의 배우들이 어슬렁거리고 있을, 밤의 신호등이 깜빡이는 불 꺼진 무대를 향해.

그리고 그곳에 도착했을 때,

세계는 없었다.

세계는 세계가 잃은 것을 찾으러 갔을까.

세계는 세계가 잃은 것을 되찾았을까.

찐빵 열두 개를 샀다. 검은 봉지 안이 두둑하다. 찐빵 봉지를 왼손에 들고 오른손으로는 핸드폰을 수시로 확인했다. 며칠째 세계에게서 연락이 없다. 세계는 핸드폰을 다시 샀을까? 나 역시 세계에게 연락하지 않았다. 시험 결과에 화가 난 학부모들과 상담을 했고, 월급은 들어오자마자 반도 남지 않았고, 아버지가 또 넘어졌으며, 할머니가 부쩍 찐빵을 자주 찾았기 때문이다. 왼손으로 넘어진 아버지를 부축하고 오른손으로 할머니의 찐빵을 담은 검은 봉지를 들고 다니느라 손이 분주했다. 그러니까 세계에게 연락을 할 수 없는 것은 학원과 월급과 아버지와 할머니의 찐빵 때문이었다.

전화가 울렸다. 아버지다. 찐빵을 샀냐는 말에 열두 개를 샀다고 하니 쓸데없는 짓을 했다고 화를 냈다. 세 개면 된다고 했는데 열두 개를 산 것은 자기의 말을 무시해서라고 한다. 나는 길바닥에 서서 전화기에 대고 소리를 질렀다.

"그까짓 찐빵도 내 마음대로 못 사? 내가 다 먹는다고. 두고 봐. 내가 다 못 먹는지. 손도 대지 마. 내가 다 먹을 테니까."

길 건너편의 교복 입은 여자애들이 꺄르르 웃었다. 나는 그 무고한 웃음의 대상이 나인 것만 같아서 서둘러 걸음을 옮겼다. 모욕적이다. 거리에서 들려오는 웃음이, 왼손에 쥔 찐빵 봉지가, 그리고 그중에서도 가장 모욕적인 것은 오른손에 쥔 전화기다. 이 전화기를 내던지면 조금 후련해질까. 그러나 참기로 한다. 아직 할부가 끝나지 않았으니까.

차라리 찐빵을 먹자. 찐빵을 먹어 치우는 편이 후회가

덜할 것이다. 뜨거운 그것을 하나, 둘, 세 개를 밀어 넣고 나면 모욕으로부터 나를 지키는 단단한 껍질들이, 진짜 나를 감싸고 있는 그것들이 뜨거운 팥에 녹아버리지 않을까. 찐빵 하나, 둘, 세 개를 쑤셔 넣는다. 열두 개에서 세 개를 빼면 아홉 개, 이제 아홉 개가 남았다. 나는 어느 집 담벼락에 기대어 찐빵을 먹으며 눈물을 찔끔 흘린다. 언젠가 '왜 울어요?'라고 물었던 세계의 말이 떠올랐다. '뜨거운 것을 빨리 먹으면 눈물이 나요'라고 대답하려 했으나, 그 뜨겁고 하얗고 꾸덕한 밀가루 덩어리가 목구멍에 막혀 소리가 나오지 않는다. 해야 할 말을 꾹 누르고, 다시 입을 다물고, 답답한 가슴을 내려쳤다. 조금 지나면 괜찮아지겠지, 걷다 보면 나아지겠지. 그런데 그저 시간이 지난다고, 걷는다고 나아지는 게 있을까. 해가 떠서 해가 질 때까지 나는 여전히 나이며, 어디로 가긴 가는데 어디로 가는지 잘 모르겠는 오늘은 그대로인데, 무작정 나아지는 것을 기대할 수 있는 것인가. 그렇다면 이것이 슬픔인가, 세계가 말하는 매일의 슬픔이 이런 것인가. 나는 찐빵 같은 슬픔을 생각하며 집까지 걸어가는 길에 목구멍 안에서 꺼냈어야 할 말을 완전히 잊어버렸다. 그러니 오늘은 세계에게 전화를 할 수 없을 것이다. 세계도 그럴까. 까맣게, 그다음 말을 까맣게 잊어버린 것일까.

우리는 또 너무 오래 기다리다가 대사를 잊은 것이 아닐까. 세계는 기다리고 있을까. 세계는 무엇을 기다리고 있을까. 알 길이 없다. 세계의 마음이 나에게서 달아난다. 나도 모르게 빠져나간 세계의 마음은 내 안에 수없이 많은, 작은 구멍들을 남긴다. 깊어서가 아니라 귀찮아서 모두 메울 수 없는, 자잘해서 짜증스러운 구멍들. 찐빵 열두 개를 삼켜 구멍을 막아 볼까. 울지도 못하고 바람 빠지는 소리만 내는 우습고 서글픈 구멍들을 막아 볼까. 하얀 밀가루 덩어리를, 뜨거운 팥을 꾸역꾸역 입안에 몰아넣으면서 오늘도 구멍 난 것들을 그럭저럭 막아 볼까.

세계에게서 전화가 왔다. 일주일만이다.

"너는 내가 불쌍해서 좋냐?"

세계가 물었다.

"너 그거 사랑 아니야."

세계가 전화를 끊었다.

세계는 그 말을 하려고 일주일을 기다렸나 보다. 종이에 적어서 길을 걸을 때도, 버스를 탈 때도, 밥알을 씹을 때도 외우고 또 외웠을 것이다.

대본을 미리 받아 보지 못한 나는 멍하니, 얻어맞은 사람처럼 무대 위에 섰다.

저기, 정류장 저편에 노을이 지고 있다. 아름답다.

그런데 노을이 아름다워서 사는 게 조금 나아졌던가.

모르겠다.

아버지는 총각김치를 가위로 잘게 잘랐다. 할머니가 총각김치를 드시다가 잇몸이 부었다고 했다. 오래된 싱크대 앞에 선 아버지의 모습은 싱크대보다 더 오래된 사진 속 풍경 같다. 낡은 배경 속에 우두커니 선 색이 바랜 사람. 아버지의 모든 것이 누렇다. 두툼한 손가락을 끼워 넣은 가위질이 서툴다. 엄마가 돌아가신 후, 아버지는 세상을 다시 배워 나가야 하는 사람이 됐다. 아내가 아니라 어머니를 잃고 덩그러니 남겨진 고아 같다. 그리 다정한 사이도 아니었으면서 엄마가 없다고 다리가 아니라 인생을 저는 사람이 되어 버린 것은 무엇 때문인가. 시간일까. 그래, 그러니까 그들은 마음의 굴곡과 세월의 주름을 함께 보낸 사람들이었지. 서로의 닳아 빠진 시간을 업은 사람들. 엄마는 저만치 절룩거리며 걸어가는 아버지의 뒷모습을 보며 늘 '불쌍한 사람'이라고 말했다. 세계의 말처럼 그것은 사랑이 아닐지도 모른다. 그렇다면 세월에 젖어 점점 무거워지는 서로의 시간을 업고 그것이 버거워 눈을 흘기다가 성난 세상이 돌진해 오면 가만히 상대의 팔을 잡아당겨 한편으로 물러서게 했던, 그들의 그것은 무엇이라 불러야 하는가.

냉장고에서 소주를 꺼냈다.

"아버지, 나 한잔해요."

"나도 한 잔 줘라."

아버지는 잔을 꺼내고 잘게 자른 총각김치와 콩나물무침을 식탁 위에 올려놓았다. 시큼한 냄새, 콩나물이 쉬었으나 내색하지 않는다. 이 쉰 콩나물무침을 아버지와 할머니는 아침에도 점심에도 먹었을 것이다.

아버지는 술잔을 채우며 시집이나 가 버리라고 입버릇처럼 말했다. 그냥 하는 말이다. 내가 시집을 가 버리면 우리 집 생활비는 누가 버나? 돈 많은 남자를 만나면 그놈이 아버지와 할머니도 먹여 살리나? 내 걱정은 하지 말고 너나 잘살아라. 할 말 없는 부녀가 별 의미 없이 주고받는 수년째 되풀이되는 이야기.

할머니의 방문이 열렸다. 천천히 부엌을 향해 기어 나오는 노인을 아버지의 절룩 걸음이 마중 나간다. 할머니의 방에서 부엌까지 다섯 걸음, 아버지의 다섯 걸음 마중에 할머니가 웃는다. 할머니의 웃음은 기쁨도 행복도 아닌, 말하자면 오래 살아서 염치없는 사람의 웃음이다.

"아버지, 이렇게 셋이 오래오래 같이 살까?"

네발로 기어야 하는 노인과 두 발을 온전히 쓰지 못하는 또 다른 노인을 바라보며 나는 말했다.

"끔찍한 소리는 하지도 말아라. 다 늙은 딸년까지 모시고 살라고?"

아버지 말에 할머니와 내가 웃고, 또 아버지가 웃는다. 살아서 염치없는 사람들의 웃음에 속이 뜨겁지 않은 관객은 누구인가.

"아버지, 우리도 삼계탕이나 한번 끓여요. 할머니도 드시고, 아버지도 좀 드시고."

아버지는 고개를 끄덕였다. 삼을 사겠다고, 좋은 삼을 사다가 여름이 되기 전에 나도 먹이고 할머니도 먹일 것이라고, 마치 중요한 임무를 맡게 된 사람처럼 말했다. 나는 아버지에게 좋은 삼은 얼마나 하느냐고 물었고, 아버지는 내게 신경 쓸 것 없다고 대답했다. 나는 다시 십만 원이면 되냐고 물었고, 아버지는 네가 돈이 어디 있냐고 대답했고, 할머니는 총각김치를 핥아 드셨고, 염치없는 웃음을 지으며 총각김치를 쭉쭉 빨아 드셨고, 나는 너무 익어서 물컹물컹한 그것을 다 씹지도 못하고 쓰윽 삼키다가 목이 따가워서, 속이 쓰려서 눈물을 찔끔 흘렸다.

"왜 우냐?"

아버지가 물었다.

"소주가 차가워서."

아버지는 내 거짓말에 속지 않고 찬 소주를 잔에 가득 따르며 말했다. 꿀꺽 삼키면 금세 뜨거워진다고. 그러니 너무 많이 마셔서 뜨겁다고 또 울지 말고 적당히 마시라고. 아프고 매운 저녁이 컴컴한 밤으로 미끄러지면 그냥 이불을 뒤집어쓰고 푹 자라고.

울지 말고 푹 자라고.

아이를 달래듯이 아버지가 소주잔으로 나를 달랬다. 나는 대답을 하고 싶었으나 목구멍 깊이 사라진 나의 대사를 찾을 길이 없어 입을 다물었다.

무엇일까? 내가 잊어버린 아니 잃어버린 말들은. 아니다. 처음부터 대사는 없었을지도 모른다. 나는 그저 나무가 아니었을까. 입을 벌려 휘이휘이 소리만 낼 줄 아는, 휘이휘이 흔들리는 소리만큼은 요란한 어떤 나무.

소주를 두 잔 더 마시고, 식사를 마친 할머니를 부축하는 아버지와 아버지의 등을 쓰다듬는 할머니를 보며 나는 조그맣게 외쳤다.

아마 이런 것을 독백이라고 하지.

"불쌍한 사람들."

부엌의 형광등 조명 아래, 두 노배우가 나란히 무대를 떠난다. 한쪽 손으로 서로의 팔을 쥐고, 다른 한 손으로 서로의 식어가는 등을 만지며 퇴장, 그리고 암전.

세계에게 전화를 걸었다.

"불쌍해서 좋아하면 안 돼?"

"술 마셨어?"

세계가 물었다.

"불쌍해서 좋아하면 안 되는 거야?"

내가 되물었다.

"어디야?"

전화를 끊었다.

어차피 세계는 오지 않을 테니까.

오늘의 세계는 내가 사는 곳에서 가장 먼 곳, 노을이 이미 져 버린 곳에 있을 테니까.

날이 덥다. 카레라이스는 더운 날에 어울리지 않는 음식이다. 쉰내가 나는 것도 같다. 밥이 넘어가지 않는다.

세계는 한 그릇을 깨끗이 비웠다. 이마에 땀이 송골송골 맺혔다. 그에게는 고작 열흘이었을 시간 동안, 나는 모든 음식에서 쉰내를 맡았다. 균이나 모난 마음 같은 몹쓸 것들이 자라기에 충분한 시간, 열흘. 그러나 아직은 냄새나는 모든 것들을 버릴 때가 아니라고 생각했다. 이 허기가 채워질 수 있다면 삼킬 수 있을 때까지 삼켜 보고 싶었다.

열흘 만에 만난 세계는 머리를 잘랐고 면도를 말끔하게 했고 여름옷을 꺼내 입었다. 해가 지면 아직 썰렁할 텐데, 라는 말이 쉽게 건너가지 못했다. 세계와 나 사이에는 부실한 다리 하나가 있어서 말이 떠나기도 전에 지레 겁을 먹고 되돌아오고 만다.

"그날은 미안했어."

세계가 먼저 말을 꺼냈다.

"아니야. 나도 미안했어."

"뭐가?"

"그날 버스 정류장."

세계는 그날 일을 생각하고 싶지 않다는 듯이 얼굴을 찌푸렸다.

"핸드폰은 찾았어?"

"다시 샀어."

"더 먹을래?"

나는 남은 카레라이스를 세계 쪽으로 내밀었으나 세계가 고개를 저었다.

"나 또 오디션 보러 가야 해."

"그렇구나."

"무슨 오디션인지 안 궁금해?"

"아니, 난 그냥, 그런 건 네가 알아서 하니까."

"너는 왜 내가 하는 일에 대해서 별로 궁금해하지 않아? 대사가 있는 역할을 맡았는지, 영화인지 연극인지, 그런 거 안 궁금해?"

세계의 목소리가 높아진다.

"내가 물으면 뭐가 달라져?"

나의 말이 덜컹대는 다리 위를 큰 보폭으로 달린다.

"너도 잘 안될 것 같아서 안 묻는 거잖아."

"너는 내 일에 대해서 궁금한 적 있었어? 너도 내가 그냥 월급 몇 푼 받으려고 개 목줄 목에 걸고 꾸역꾸역 끌려다니는 사람 같지? 그래서 안 묻는 거지?"

세계의 입술이 닫혔다. 나의 말은 세계의 닫힌 입술 앞에서 다시 돌아오고 만다.

"진짜 그렇게 생각하나 보네."

"그냥 나는 네가 이해가 안 돼."

"무슨 말이야?"

"연극 그만뒀으면 미련 없이 열심히 돈 벌 생각이나 하지, 너는 여전히 여기 기웃거리면서 남은 사람들이 우습잖아. 너, 학진 선배를 경멸하지? 선배 비위 다 맞춰 주면서 술 마시는 내가 짠하지? 그런데 너는? 너는 왜 선배 앞에서 아무 말도 못 해? 비굴함도 습관이라서?"

세계의 거친 말 앞에서 나의 말이 달아난다. 옆 테이블에서 밥을 먹던 여자들이 우리를 힐끔거린다.

"그만해. 사람들이 보는 거 안 보여?"

"너는 또 내가 창피하냐? 불쌍한 건 불쌍한 거고, 창피한 건 또 싫지? 그럼 가. 저번처럼 또 가면 되겠네."

나는 도망치지 않으려고, 말을 가두려고 입술을 깨물었다. 먼저 나간 것은 세계였다. 사람들이 보고 있다. 나는 반이나 남은 카레라이스 국물에 머리카락이 닿을 만큼 고개를 숙였다. 머리카락이 빠진 카레에서는 정말이지 이제 쉰 냄새가 진동해서 아무렇지 않은 척 식사를 계속할 수 없었다. 다시 고개를 들었을 때는 식당 앞에서 담배를 피우던 세계가 신발을 질질 끌며 떠나고 있었다. 계산을 마치고 달려 나갔으나 세계의 걸음은 빨랐다. 세계는 이미 해가 붉게 내려앉은 쪽을 향해 서둘러 멀어지고 있었다. 나는 세계를 향해 오래 묵혀 두었던 대사를 내뱉었다.

"야, 이 개자식아!"

시큰둥한 얼굴을 한 관객들이 재미없는 연극을 흘깃거리다가 무심히 극장을 지나쳐 간다. 누군가 내게 속삭였다.

'야, 이제 내려가.'

오늘의 노을은 조잡한 풍경을 덮기 위해 내려오는 커튼을 닮았다. 헌 집의 오래된 커튼 같은 것이 하늘 위로 번졌다.

막이 내린다.

연극이 끝나간다.

세계가 간다.

멀리, 내가 사는 곳의 반대편으로.

지하철도 버스도 없고, 나약한 내 두 다리로는 반도 쫓아가지 못할 너무 먼 곳으로.

무대 위의 신이었던 세계가 떠났다.

암전,

이제 나의 퇴장만이 남았다.

한밤중에 울리는 전화는 불길하다.

한밤중에 세계에게서 전화가 왔다.

"그만하자."

세계가 말했다. 세계의 숨소리가 들렸다.

"뭘?"

"......"

"그래."

전화를 끊었다. 세계의 숨소리가 사라졌다.

〈정의의 사람들〉의 마지막 공연이 끝났다. 신인 배우가 지문을 읽었다. 세계보다 훨씬 자연스럽고, 편안한 목소리였다. 십여 명의 관객이 앉아 있는 객석에 어쩌면 세계가 있을지도 모른다고 생각했으나 세계는 오지 않았다.

공연 후 뒤풀이 자리에서 또 술에 취한 학진 선배가 내게 물었다.

"너는 요즘 살만하냐?"

나는 고개를 끄덕였다. 살만하지 않으나 살아가고 있으니 그것은 살만한 것이라고 퍽 진지하게 대답했으나 나의 말은 술주정이 되어 버렸다.

계절이 뜨겁다. 그러나 서늘한 등이 추워 밤잠을 설치는 날도 있다.

해 질 무렵, 나는 여전히 세계를 생각한다. 아닌가, 붉게 저무는 오늘 속으로 희미해지는 형체가 세계의 것인지 내 것인지 혼란스럽다. 그때 가로등이 깜빡이던 무대에서 내가 알아본 것은 정말 세계였을까. 혹여 나와 닮았다고 믿으면서도 나와 다르기를 간절히 바랐던, 결국은 또 다른 나는 아니었을까.

그러나 어느 쪽이든 이제 중요치 않다. 그것은 끝난 연극일 뿐. 사랑을 해서, 사랑이 끝나서 찾아오는 모든 것들은 오늘을 사는 일에 큰 영향을 미치지 못한다. 그저 카레의 맛을 좌지우지할 뿐.

끝난 연극의 결말은 어쨌거나 모두 상투적이니까.

이제 한동안 카레 같은 것은 먹지 않으면 그만이니까.

다만 어느 날은 노을을 본다.

그리고 등을 두드려 주는 것으로, 카레라이스로, 역과 역 사이를 손을 맞잡고 걷는 일로, 아주 조금 아름다웠던 것들로 채워졌던, 세계와 내가 잠시 주인공이었던 우리들의 무대를 떠올린다.

이세는 불이 꺼진,

휘이휘이,

나무 한 그루 휘청거리는 그 무대를.

Chelsea Hotel No.3

첼시 호텔 세 번째 버전

우리가 처음 함께 살았던 집은 작은 방 한 칸이었다. 그 정사각형의 방을 보자마자 우리는 웃음을 터뜨렸다. 그래, 그 집은 너무 작아서 웃을 수밖에 없었어. 방의 면적과 너와 나 그리고 쓰레기봉투에 쑤셔 담아 온 삶의 크기를 비교하면 다른 할 말이 떠오르지 않았으니까. 그렇게 마주한 현실과 아직 놓지 못한 이상의 싸움을 넋을 놓고 구경하고 있을 때, 이삿짐들을 실은 엘리베이터의 문이 닫히는 소리가 들렸다. 너는 '어, 어'하며 복도로 뛰쳐나갔고, 나는 그 자리에 느긋하게 서서 소리쳤지.

"그런 것을 누가 가져간다고 난리야!"

너는 이렇게 말했다.

"누가 가져갈까 봐 그래? 쓰레기인 줄 알고 버릴까 봐 그러는 거지."

너의 말을 듣고 그제서야 아차 싶었다. 나는 그때 처음으로 우리가 가진 전부가, 쓰레기봉투 안에 담겨 있는 우리의 모든 것이 누군가에게는 진짜 쓰레기일 수도 있겠다는 생각을 하게 된 거야. 엘리베이터가 움직이고, 그 작고 네모난 방이 우리를 버겁다 말하는 그 순간에.

쓰레기봉투 안에는 이불, 옷, 그리고 테팔 프라이팬이 들어 있었다. 그러니까 문제는 테팔 프라이팬이었어. '버릴까 봐 그러는 거지'라는 말을 듣는 순간 가슴이 철렁했다. 다른 것은 아무것도 생각이 나지 않았으나, 이사하며 새로 산 테팔 프라이팬, 나는 누군가 그것을 버릴까 봐 조마조마하며 계단을 뛰어 내려갔다. 내가 우겨서 샀던 그 비싼 프라이팬 말이야. 매일매일 맛있는 요리를 해 주겠다고 약속해 놓고 몇 번이나 지켰는지 모르겠다. 그 별거 아닌 프라이팬이 우리에게는 얼마나 비싸고 귀한 물건이었는지……

처음 갖게 된 우리의 주방은 두 사람이 서 있을 수 없을 만큼 좁았지만 작은 발코니가 있어서 문을 활짝 열어 두면 여름 주방으로 안성맞춤이었다. 여름 주방, 나는 지금도 프랑스 사람들이 단어 앞에 '여름'이라는 말을 붙이는 게 좋다. 여름 주방, 여름 휴가, 여름 해변, 여름 별장, 여름…… 그건 기다림이니까. 모든 것에 여름이라는 계절의 이름을 붙여 놓으면, 나머지 세 계절을 바쳐 여름의 도래를 기다리게 되지. 올해도 여름을 기다렸다. 예전처럼 아무 이유 없이 들뜬 마음에서는 아니었지만, 언젠가 오늘 같은 날이 온다면 그것은 여름이었으면 했어. 노래하기에 좋은 계절이니까.

어제는 길을 걷다가 우연히 닫혀 있는 창문들을 봤다. 이제는 아무도 여름을 맞이하여 창을 활짝 열지 않는다는 사실을 깨달았어. 실내 공기 정화와 온도 유지 때문이겠지. 굳게 닫힌 창문들을 보며 어제를 생각했다. 시간의 단위로 계산하면 조금 먼 어제들, 그러나 내게는 고개를 돌리면 반드시 거기 있을 것 같은 어제들 말이야. 창문들이 열려 있고, 이쪽과 저쪽에서 흘러나오는 음악의 멜로디들이 교묘하게 섞이며, 누군가는 사랑을 외치고 누군가는 이별의 슬픔을 외치는 일이 한 편의 뮤지컬 같았던 어제의 여름들. 그날에 활짝 열린 창으로 쏟아져 나온 모든 것들은 음표를 달고 어느 순간 노래가 됐다. 그건 마치 베짱이들의 세상 같았어. 열심히 게으른 베짱이들만의 세상! 너만큼 그 세상에 잘 어울리는 사람이 또 있을까?

우리들의 첫 주방에서 나는 스테이크를 구웠다. 5층을 뛰어 내려가 구해 온 프라이팬에 버터를 두르고 로즈마리와 마늘을 넣어서 파리의 어느 레스토랑의 맛을 흉내 내며 스테이크를 구웠고, 너는 또 기타를 들었지, 베짱이처럼. 너는 전생에 베짱이였을 것이다. 여름에, 여름을 노래하는 베짱이, 여름만 사는 베짱이.

스테이크 냄새가 우리의 작은 창을 넘어 파리의 지붕 위로, 저녁이지만 대낮처럼 밝았던 거리로 퍼져 나가는 동안 너는 노래를 했다. 무슨 노래를 할까 망설일 것도 없었지. 너의 노래의 시작은 언제나 레너드 코헨의 〈첼시 호텔 두 번째 버전〉이었으니까. 너도 나도 그 노래를 참 좋아했다. 그렇지? 네가 둥둥 기타를 퉁기며 노래를 시작하면, 나는 어느덧 뉴욕의 첼시 호텔, 그곳의 엘리베이터 앞에 서 있었어. 문이 열리면 레너드 코헨이 엘리베이터 안에서 몸을 제대로 가누지 못하는 재니스 조플린을 발견하는 장면을 상상했다. 단지 엘리베이터 문이 열렸을 뿐인데 사랑이라니. 누군가는 그들이 나눈 것이 사랑이 아닌 하룻밤의 욕망이라고 말할지도 모르지만, 아니야, 우리는 알잖아. 다른 것은 다 몰라도 사랑이 무엇인지 우리는 잘 알고 있잖아. 욕망은 순간을 뛰어넘을 수 없어. 그것이 그저 욕망이었다면 첼시 호텔 같은 노래가 나올 수 없었을 거야. 욕망은 순간을 넘어 노래가 되어 입에서 입으로, 마음에서 마음으로 전해질 수 없는 거니까. 그날 엘리베이터가 열리는 순간 거기, 레너드 코헨 앞에 재니스 조플린이라는 세계가 있었던 거야. 그 세계가 열린 거지. 어떻게 노래하지 않을 수 있었겠니? 그러니까 첼시 호텔 두 번째 버전은 여행기야. 한 사람이 한 사람의 세계를 다녀와서 기록한 여행기.

우리도 노래를 함께 쓴 적이 있었지. 리스본에 다녀와서 네가 작곡을 하고 내가 작사를 했던 그 테주강의 노래. 이제 아무도 듣지 않는 노래가 되었지만 그 노래가 흐르면 테주강이 내 안에서 넘실거렸다. 리스본의 일곱 개의 고개처럼 내 삶의 일곱 개의 고된 고개를 넘어온 그 바다를 닮은 강이 네가 만든 음표를 타고 내게 흘렀어. 그런데 요즘 나는 그 노래의 후렴구를 종종 잊는다. 머릿속에 음표는 선명한데 가사가 생각나질 않아. 누군가 지우개로 하나씩 지워 나가고 있는 것 같다. 그리 좋은 가사는 아니었나 봐. 이렇게 잊히는 것을 보면 그저 아프기만 한 가사가 아니었을까. 레너드 코헨처럼 아픔을 뛰어넘는 가사를 썼다면 조금 더 오래 기억할 수 있었을 텐데.

나는 레너드 코헨만큼 좋은 가사를 쓰지 못했지만 그의 가사를 이해할 수는 있어. 그의 기억 속에 흐르는 재니스 조플린의 목소리, 몸짓, 몸의 온도, 그런 것들을 숨긴 단어들. 그런 비밀스러운 이야기를 가만히 눈을 감고 들으면, 우리는 어느 순간 모두 청년이 되어 버린다. 그건 현재의 시점에서 과거를 바라보는 관망이나 관조가 아니야. 그렇게 식은 것일 리가 없지. 그때의 온도가, 공기가, 소리와 촉감이 모조리 되살아나니까. 그래, 그건 초 단위로 벌어지는 여행이다. 세계 최고의 항공사도, 여행사도 해내지 못한 초 단위의 여행. 우주에 돈을 들여 갈 필요가 뭐가 있어? 우리는 아주 오래전부터 이미 시공간을 뛰어넘는 여행을 해 온 것을.

그러니 레너드 코헨의 음성이 나지막이 들려오면 나는 언제나 우리의 첫 번째 집, 파리의 그 작은 방으로 여행을 떠난다. 그리고 다시 바스티유의 어느 길모퉁이를 배회하지. 무슬림 전통 복장을 한 남자들이 테라스에 앉아 물담배를 피우고, 검은 외투를 입은 남자와 맨발의 어린아이가 마리화나를 팔고, 오페라를 보고 나온 트렌치코트를 입은 남자와 긴 드레스를 입은 여자가 칵테일 바를 향해 발걸음을 옮기던, 적당히 취기가 오른 남자애들과 여자애들이 축구 경기장에서 그렇듯이 서로를 부둥켜안고 발을 구르며 뛰는 거리를 서성이는 내가 있어. 그리고 너는 길바닥에 앉아 노래를 부르고 있다. 기타를 들고, 그 시끄러운 거리에서 기타 줄을 둥둥 튕기며, 첼시 호텔 두 번째 버전을 부르기 시작해. 환락의 밤은 너의 노랫소리를 집어삼킬 듯이 달려들었고 너는 온몸으로 너의 목소리를 전달한다. 그 조용한 노래를 조용한 비명처럼 부르던 너를 본 순간, 나는 우리가 언젠가 같은 집으로 돌아갈 것이라고, 피곤한 너를 대신하여 너의 기타를 메고 너와 내가 우리의 집으로 함께 돌아갈 것이라고 예감했다. 그건 또 한 번의 시공간을 뛰어넘는 여행이었지. 과거가 아니라 미래로 가는 여행. 최근에 어느 대기업이 유명한 과학자들과 손을 잡고 미래를 여행하는 상품을 만들겠다고 했다지? 내가 너를 만나 수십 년 전에 이미 해낸 일을 상품으로 만들기 위해 그들은 또 얼마나 많은 시간과 돈, 노력을 들일까? 나는 시를 쓰지 말고 과학자가 될 것을 그랬다. 위대한 발명가가 되었을지도 몰라. 그런데 말이야, 나는 발명이라는 말이 마음에 들지 않는다. 세상에 발명은 없어, 발견만 있을 뿐이지. 이래서 발명가가 되지 못했나 보다. 그래서 평생 무명 시인으로 살았나 봐. 발명은 대단한 것 같지만 발견은 시시해 보이잖아. 그래, 시라는 것이 원래 시시하다. 그것이야말로 발견일 뿐이니까. 새로운 게 없어. 아니야. 내가 쓴 시가 시시한 것이겠지. 나의 시는 이미 존재하는 세상에서만 떠돌았다. 인류는 백 년 전부터 새로운 세상을 향해야 한다고 외쳤는데, 나는 새 세상을 열지 못하고, 시대를 읽지 못하는 시를 쓰고 있었으니…… 내게는 미래로의 여행, 그것조차도 새로운 세상이 아니었어. 나에게만은 이미 존재하는 세계였다. 너와 내가 한집으로 같이 돌아가는 그 세계가 내 안에 이미 오래전부터 존재해 왔고, 나는 그것을 발견했을 뿐이지.

그리고 그날부터 삼 개월 후, 우리는 정말 같은 집으로 돌아갔다. 기타를 칠 줄은 모르지만 너의 기타를 메고 걸을 때면 나는 커다란 마음을 업은 것 같았다. 나는 그때 내 책가방을 메고 걸었던 엄마의 행복을 어렴풋이 이해했는지도 몰라. 그렇지만 너를 향한 나의 마음이 모성애였다고는 생각하지 않는다. 나는 그저 내가 받은 사랑만을 너에게 줄 수 있었던 거야. 내가 아는 사랑만을 흉내 냈던 거지. 내가 사랑을 많이 받았던 사람이었더라면, 너에게 더 큰 사랑을 줄 수도 있었을 텐데. 나의 등에 너의 기타를 대신 메고 걷기만 하는 사랑 말고, 더 좋은 것을 줄 수도 있었을 텐데. 지금도 그것이 마음에 걸려. 내가 사랑에 가난한 사람이었다는 것이. 그런데 그거 아니? 원래 가난한 사람들이 시를 쓰는 거래. 줄 것도 없고 재간도 없어서 염치없음에, 빈 종이에 몇 번을 걸러낸 말들을 적는 거래. 시라는 것이 그런 거래. 나는 잘 모르겠다. 평생 시를 써 왔는데, 내가 쓴 것이 무엇인지 잘 모르겠어.

내가 아는 것은 너의 기타를 멘 나의 등이 내가 쓴 가장 아름다운 시였다는 것, 그게 전부야. 나는 내가 쓴 시를 모두 잊었지만 너의 기타의 감촉만은 기억하고 있다. 땀이 차던 등도, 여섯 개의 줄에 걸려 있던 너의 절박한 희망도, 거뜬히 너의 희망을 이고 가고 싶었던 나의 순진한 꿈도, 그 모든 것들이 단어와 음률이 없는, 형체 없는 시였다. 이렇게 몸으로 쓴 시만이 남을 줄 알았더라면 조금 더 몸으로 들고 안고 업고 붙들 것을. 지나고 보니 나의 시는 모두 관념이었다. 그럴듯한 단어를 입은 허깨비들. 땀이 묻지 않은, 종이에 내려앉았던 무게 없는 나의 말들, 생각해 보면 얼마나 부끄럽니! 그래서 다 잊어버렸나 봐. 그래도 불행하지는 않다. 몸에 적힌 감각, 내 등에 업은 너의 기타, 그 시 한 편은 남았으니까.

한여름의 베짱이, 나는 네가 노래를 시작하기 전에 둥둥 튕기는 기타 소리가 좋았다. 목을 가다듬는 소리도, 지나치게 진지한 눈빛도, 레너드 코헨의 목소리를 따라 하려고 애쓰던, 아직 어려 상처가 적었던 너의 목소리도. 어제, 오랜만에 그 노래를 다시 들었다. 스테이크를 구우면서. 그런데 그것을 그만 까맣게 태워 버렸어. 그 아까운 것을 프라이팬에 올려놓고, 잠이 든 것도 아닌데 그저 넋을 놓고 코헨의 노래를 듣다가 연기가 자욱하게 깔리는 이유를 몰라 주방으로 달려갔다. 새까맣게 타 버린 프라이팬과 고기를 싱크대에 처박고 나서야 생각이 났어. 불과 20분 전에 한 일을 어쩌면 그렇게 잊어버릴 수 있니? 나는 짜증이 나서 내 머리를 쥐어박았다. 나는 요즘 자주 내 머리를 쥐어박는다. 미운 사람을 대하듯, 힘껏 머리를 때리고 후회해. 너무 아프게 때려서 머리가 더 나빠질까 봐. 여기서 더 나빠지면 안 되는데.

코헨은 2016년 11월 10일에 사망했다. 우리는 그날 파리를 떠났어. 가을의 아침, 안개가 자욱했다. 기차역마다 총을 든 군인들이 행군을 했고. 2015년 11월, 파리의 테러 사건 이후로 지금까지 우리는 이 지긋한 전쟁에서 벗어나지 못하고 있어. 사람들은 유럽이 이 전쟁으로 끝장나리라는 것을 오래전에 알았지만 아무것도 하지 않았다. 돈에는 열려 있고 사람에게는 닫혀 있는 국경으로 어떻게 유럽은 연합을 기대했을까? 어떤 이들은 곳곳에서 터진 폭탄과 총기 난사 참극들이 종교가 일으킨 또 하나의 전쟁이라고 하지만 내 생각은 달라. 그것은 몇십 년의 고독이 일으킨 전쟁이야. 그들은 신의 이름을 빌려 자신의 고독에 복수하는 것이라고. 오랫동안 외국에서 살면서, 프랑스인도 아닌 한국인도 아닌, 언제까지나 이방인이어야 하는 나의 외로움에 분노가 치솟을 때가 있었다. 인류는 차별의 역사에 종지

부를 찍은 적이 없어. 피부 색깔이 달라서, 여성이어서, 가난해서, 남들과 달라서, 신분을 만들고 장벽을 세우고 선을 긋고 넘어오지 말라고 말해 왔지. 선거철 혹은 노동절, 여성의 날에 함부로 지껄이는 '더 이상 그런 장벽은 없습니다, 선은 지워졌습니다'라는 말들은 다 거짓이다. 그건 그저 물리적인 차별의 상징들을 잠시 치워 놓은 것뿐이야. 진짜 벽은, 선은, 수 세기 동안 사람들의 머릿속에 존재해 왔어. 아무리 무너뜨리고 지워도 또 새로운 담이 쌓이고 새로운 선이 그어지지. 오래전부터 우리는 고독이 일으킨 모든 범죄들을 테러로 치부해 버려 왔다. 그렇게 되면 해결이 조금 더 간단할 것이라고 믿었었나 봐. 선과 악, 둘밖에 없다면 악을 때려잡으면 그만이니까. 그런데 고독은, 고독은 악이니? 선이니? 내가 평생 이곳에서 느꼈던 고독은 악이었니? 선이었니?

1년 전에 어느 아랍인이 자신이 살던 건물에 불을 질렀다. 세 사람이 사망했어. 그는 2018년에 프랑스에 들어온 난민 가정 출신의 청년이었다. 사람들은 모두 난민이라는 재난의 씨앗이 이제 열매를 맺은 것이라고 떠들었지. 나도 잠시 이 나라는 난민과 이민 때문에 망한 것이라고 생각했다. 나 역시 이민자 출신이면서 말이야. 나이를 먹는다는 것이 그런 건가 봐. 사고의 문이 닫혀. 자꾸 손바닥만 한 좁은 마음 안에서 현상만을 본다. 그런데 얼마 전에 우연히 티브이에서 그 테러범 어머니의 인터뷰를 보게 됐다. 그 살

인자의 어머니는 나이에 비해 너무 늙어 버린 얼굴을 땅바닥에 문지르며 울었어. 어설픈 불어로 울부짖으며 이렇게 말했다.

"미안합니다. 내가 그 애의 외로움을 안아 줬더라면, 방 한 칸을 데울 난방비가 아니라 그 애의 마음을 데우는 데 시간을 보냈더라면 이런 일은 없었을 겁니다. 모두 내 탓입니다."

외롭다고 누구나 다 테러범이 되는 것은 아니지. 그러나 외로움은 위험하다. 자신에게도 타인에게도. 외로움의 파괴적인 힘을 나는 알아. 딱 한 번 나 역시 누군가를 죽이고 싶었을 때가 있었다. 파리를 떠나 우리가 리옹에 정착한 지 한 달 정도 됐을까. 구시가지에서 너는 노래를 하고 나는 시를 쓰고 있던 어느 여름날, 너의 가방을 뒤집어엎으며 '중국인 창녀'와 놀아나는 '근본 없는 놈'이라고 너와 나를 모욕하던 극우파 정당 지지자들을 기억하니? 내게 칼이 있었더라면, 무기가 있었더라면, 나는 그들을 죽였을 거야. 그들만이 아니라 거기 있던 모두를 죽였을지도 몰라. '알라' 대신에 그들이 믿는 거룩한 신에게, 그들의 화려한 대성당을 향해, '엿이나 먹어라' 하고 외쳤겠지. 어쩌면 최초의 동양인 여성 테러범이 되었을 수도 있었겠다. '중국인 창녀'라는 말에 화가 났던 게 아니야. 그 조롱의 눈빛, 알면서도 모르는 척 지나가는 사람들의 무심한 눈빛, 어쩌면 그들의 말이 영 틀린 것은 아니라는 동조의 눈빛, 그것이 나를 미치게 만들었다. 전투화를 신은 백만 군인의 발길질 같은 눈빛들이 나의 고독을 때렸어. 세상이 그렇게 우리의 고독을 내리칠 때면, 나는 몇 번이고 이곳을 떠나고 싶었지만 갈 수 없었다. 내 나라로 돌아간다면, 너는? 내가 겪은 일들을 네가 겪게 될지도 모른다는 불안감에, 아니 모국에서도 이방인이 된다면 나는 영원히 이방인으로 살아야 한다는 두려움에. 어쩌면 엄마 뱃속에서 나오는 순간부터 우리는 모두 이 세계의 이방인인지도 몰라. 생각해 봐. 제일 처음 눈을 떴을 때, 공간도 사람도 언어도 모든 것이 낯설었을 그 순간을, 얼마나 무서우면 그렇게 서럽게 울었을까? 탯줄이 댕강 끊어지는 순간, 엄마의 몸에서 분리돼 혼자 떨어지는 그 첫 번째 고독. 그래, 고독은 우리들의 운명인 게지. 그러니 그 고독을 함부로 때리면 안 된다는 것을 사람들은 왜 모를까? 우는 아기처럼 안아서 달래 줘야 한다는 것을. 나는 나의 고독을 위해 꼭 여기서 싸우고 싶었다. 피부색과 언어가 다른, 꿈과 길이 다른 나의 고독을 위해서 싸우고 싶었어. 물론 나의 싸움은 차별과의 싸움은 아니었다. 내가 그렇게 대단한 싸움을 했을 리가 없잖니. 나는 테러범이 되지 않기 위해 싸웠다. 나는 사람을 죽이지 않기 위해 싸웠고, 미워하지 않기 위해 싸웠어. 나는 타인과 싸우지 않으면서 내 것을 지키기 위해 싸웠고 그래서 시를 썼다. 모두 잊어버렸지만, 모두 사라져 버린 옛날의 노래가 되어 버렸지만, 하나는 기억한다. 우리는 고독을 악으로 만들지 않기 위해 시를 쓰고 노래해야 한다는 것을. 그러니 나의 시도 너의 노래도 삼류였지만 실패는 아니다. 우리는 우리의 고독을 악으로 만들지 않았으니까. 지금의 나의 고독은 그 누구도 미워하지 않는다. 우리의 고독은 악도 선도 아닌 그저 고독이었다. 외로운 노래이자 시였다.

그런데 그 싸움 끝에 남은 것은 무엇일까? 노래도 시도 이제 모두 잊혔는데.

파리를 떠나던 날, 내 배낭에 매달려 있던 테팔 프라이팬을 기억하니? 우리는 바닥이 죄다 긁힌 그것을 버리지 못하고 결국 리옹까지 가져갔다. 어떻게 그걸 버릴 수 있었겠어! 인생에서 딱 한 번, 판매대에 놓인 물건들 중에서 제일 좋은 것을 사 봤는데. 너도 알다시피 내 인생은 늘 대충 쓸 만한, 가장 저렴한 것들로 채워져 있었잖아. 덕분에 어디로든 떠날 수 있었지만 그래도 그 프라이팬 하나쯤은 가져도 된다고 생각했다. 자유와 물질적인 욕심 사이에서 나는 늘 갈등했으니까. 내 인생은 모순덩어리지. 그러나 어느 누가 인생이란 모순에서 자유로울 수 있을까? 프라이팬 하나에서 멈춘 욕심이었으면 된 거라고, 우리 이제 너그럽게 봐주자. 나는 프라이팬을 들고 너는 쓰레기봉투를 안은 채 기타를 메고 기차에 올라탄 모습이 조금 우스웠을지라도.

그러고 보니 너는 기차 안에서도 노래를 했다. 어느 취한 승객이 너에게 부탁했다.

"코헨이 죽었어요. 레너드 코헨이 우리를 떠났습니다.

기타를 든 친구여, 〈할렐루야〉를 불러 주세요."

2016년 11월 10일, 우리는 파리를 떠났고, 코헨은 죽었고, 너는 가을이 저무는 기차 안에서 〈할렐루야〉를 불렀다. 코헨은 할렐루야를 읊조리면서 떠났을까? 나는 가끔 코헨이 죽기 전에 했다던 말을 떠올린다.

'나는 죽을 준비가 돼 있다. 할 일이 많지만 연연하지 않는다. 다만 고통에 허물지 않기를 바랄 뿐.'

고통은 아무리 생각해도 무섭다. 죽음이 두려운 적은 없었어. 다만 죽을 만큼, 죽음을 가져올 만큼 대단한 고통이 무엇인지 그게 두려울 뿐이야. 그러니까 우리 아프지 말자. 아프게 죽지는 말자. 찢긴 육체에 담긴 고귀한 영혼은 없어. 고통은 영혼을 망가뜨리니까. 고통스러운 육체 안에서 영혼이 썩는 것은 싫다. 그래서 오래 생각한 끝에 결론을 내렸다. 너의 영혼을 지켜 주는 것, 그것이 나의 의무라고.

나는 사실 〈할렐루야〉를 좋아하지 않는다. 코헨의 노래라지만 그건 어쨌거나 너무 종교적이야. 나에게 종교는 삶보다 죽음에 가까운 것이니까. 종교적인 장소는 그곳이 무엇이든, 어디든, 죄다 다 무덤처럼 느껴져. 죽은 성자들이 사는 집이 무덤이 아니면 무엇이니? 하늘로 올라가 버린 사람들이 이 땅 위에서 일어나는 일들에 대해서 알 게 뭐야. 나는 죽을 때까지 삶을 말할 거다. 죽기 1초 전까지 삶을 말하겠어. 그런데 정말 그럴 수 있을까? 나이를 먹으니까 '할 거다'라는 말처럼 부질없는 말이 없더라. 그냥 하면 되는 것을. 어쨌든 그래서 나는 우리의 오래된 녹음기에 〈할렐루야〉가 아니라 〈첼시 호텔 두 번째 버전〉을 녹음해 왔다. 어젯밤 너의 낡은 LP판을 돌렸어. 디지털의 깨끗한 음질 말고 너무 많이 들어서 거칠어진, 오돌토돌한 내 손등 같은 그 노래를 들려주고 싶어서. 어릴 때 좋아하는 노래를 테이프에 녹음했던 것처럼, 스피커 앞에 쭈그리고 앉아서 녹음을 했다. 2015년에 샀던 녹음기를 찾아냈거든. 악상이 떠오를 때마다, 시 구절이 떠오를 때마다 녹음하겠다고 샀던 녹음기 말이야. 핸드폰에 녹음 기능이 있는 줄도 모르고 우리는 첩보 영화에서 나올 것만 같은 녹음기를 샀지. 리스본으로 떠나기 전이었을 거야. 나의 뱃속에는 우리의 아기가, 너의 가슴 안쪽 주머니에는 녹음기가 있었어. 우리는 그렇게 리스본으로 떠났지. 그리고 그곳에서 이름도 붙여 주지 못한 아기가 죽었다. 낯선 곳의 응급실에서, 나는 열흘 전 즈음에 이미 심장이 멈췄다는 아기의 모습을 봤다. 시커먼 자궁 안에서 모체와 탯줄로 연결되지 못하고 혼자 떠다녔던 그것은 생명체가 되기도 전에 미리 탄생해 버린 고독이었어. 그날 의사의 말을 기억한다. 이 생명은 태주강을 따라 먼바다로, 더 큰 어머니의 품으로 돌아간 것이라고. 리스본에 다녀와서 우리가 만든 노래를 기억하니? 지금 네가 벌떡 일어나 내게 그 노래의 후렴구를 불러 줬으면 좋겠다. 이 녹음기에 그 노래가 담겨 있었건만, 언제 어떻게 지워졌는지 모르겠다. 지금은 아무것도 남지 않았어. 모두 사라지고 레너드 코헨의 〈첼시 호텔 두 번째 버전〉이 전부다. 나는 이 노래가 90분쯤 됐으면 좋겠어. 노래 한 곡, 너무 짧지 않니? 인생처럼 말이야. 코헨의 목소리가 마지막 소절을 향해 달려가면 심장이 덜컥한다. 벌써 끝나는구나, 하는 생각에. 늙어서 그래. 내가 늙어서 별거 아닌 일에 가슴이 철렁하고, 별거 아닌 것들을 끄집어내고, 그러면서 중요한 것들을 자꾸 잊어버린다. 앞으로 점점 더 그렇게 될 거래. 나의 기억은 그렇게 소멸해 간다더라. 스테이크를 태워 먹거나 노래 가사를 잊거나 길을 헤매거나, 그런 일들은 시작에 불과하다고 했어. 그러라고 하지 뭐. 마음대로 하라고 해. 이렇게 오래 기억하고 살았으니 이제 좀 잃어버린다고 해도 괜찮지 않을까. 후렴구를 잊은 테주강의 노래도 용서받을 수 있지 않을까. 오래 아프고 오래 괴로웠으니.

너도 녹음된 노래를 들어 보면 알겠지만 소리가 매우 거칠고 중간에 끊기는 부분도 있다. 녹음기의 문제는 아니야. 아무래도 LP판의 문제겠지. 네가 그렇게 애지중지 다뤘건만 시간은 어쩔 수 없나 보다. 모든 사물은 저마다의 방식으로 주름을 새겨. 너와 나처럼. 나는 주름이 조금 더 많은 편이지만, 건조한 사람들이 그렇거든. 나는 온몸이 건조한가 봐. 뇌도 그렇게 쭈글쭈글하다는 것을 얼마 전에 알았어. 어제는 꿈속에서 내 뇌를 봤다. 자신의 뇌를 꿈꾸는 사람들도 있니? 너무 괴상하지? 어릴 때 좀비 영화를 너무 많이 본 탓인가? 어쨌든 그것이 호두알처럼 쪼글쪼글 말라비틀어지는 꿈이었다. 나는 스프레이를 찾았지. 어릴 때 엄마가 말린 황태에 물을 뿌리는 것을 봤거든. 그게 생각났나 봐. 말라비틀어진 황태에 물을 뿌리면 도톰하게 불어났던 게 생각나서. 뜨거운 햇볕 아래에서 나는 쪼그라진 뇌에 물을 뿌렸어. 억울하다는 마음이 들더라. 차라리 부풀어서 터지지, 이렇게 말라비틀어지는 건 어쩐지 억울했어. 그리고 울면서 깨어났다. 그 길로 너의 병실로 달려온 거야. 의사를 만나야 한다고 생각했다. 나의 결정을, 아니, 우리의 결정을 모두 물릴 거라고 다짐했어. 나는 무서웠다. 매일 밤 나의 뇌는 조금씩 더 쪼그라들 텐데, 나는 너에 관한 모든 깃을 하나씩 잊길 텐데, 이렇게 딜려올 수 없다면 나는 무엇을 붙들고 남은 생을 버텨야 하니? 너에게 달려오지 못하는 밤에 나는 무엇을 해야 하니? 그래, 모든 것을 다 물리려고 했다. 새벽녘에 이 병실에 도착하여 문을 열기 전까지는 그랬어. 조금 더 싸워 보자고, 나도 매일 밤 이곳에 달려올 테니 너 역시 손가락 하나라도 움직여 보라고 윽박을 지르려고 병실 문을 열었다. 너는 잠들어 있었고 여명이 밝아 오고 있었지. 이상하지? 나는 너에게 다가갈 수 없었어. 고요와 침묵이 너를 지키고 있었다. 너는 이미 네가 가야 할 곳으로 발을 내디딘 것 같았어. 이 네모난 병실에서 나는 우리가 더 이상 같은 세계에 있을 수 없다는 것을 깨달았다. 마치 이 모든 것을 결정하는 자가 따로 있으며, 이미 모든 것은 예정되어 있었던 것처럼. 그러나 그것이 신의 결정이라고, 신의 뜻이라고 말하고 싶지는 않다. 나는 신을 믿지 않아. 비록 내가 오늘 아침, 모든 것이 조화로운, 너의 병조차 침묵과 조화를 이루는 이 병실에서 그 신이라는 작자의 목소리를 들었을지라도. 그가 내게 묻더라. 어느 날, 나의 뇌가 호두만큼 작아져서 너의 기억을 담을 수 없게 되면, 아무도 달려오지 않는 병실에 누운 너는 어떻게 되는 것이냐고. 서로가 서로를 버린 줄도 모르고 너는 육체를 움직이지 못하는 채로, 나는 기억을 빼앗긴 채로 그렇게 살아가는 것은 또 무슨 의미가 있는 것이냐고. 그 순간 나는 너무 두려웠다. 신이라는 존재가, 그런 것이 있을 리가 없는데 또 그런 것을 찾고 있는 지금의 내가, 나의 목소리와 신의 목소리를 구분하지 못하는 나의 뇌가. 정말 신이 있다면, 그런 것이 있다면, 그는 왜 이 세상에 노래와 시가 사라져 가는 것을 두고 보고만 있었을까 하는 생각에, 신이라는 작자는 처음부터 악이 아니었을까 하는 두려움에, 나는 무릎 꿇고 기도를 했다. 웃기지? 착한 신의 목소리를 들려 달라고 간절히 기도했어. 그때, 내가 무엇을 생각했는지 아니? 코헨의 〈할렐루야〉, 나도 모르게 네가 그날 기차 안에서 불렀던 〈할렐루야〉를 떠올렸어.

정말 궁금하다. 레너드 코헨은 마지막 순간에 할렐루야를 읊조리다 갔을까?

그러나 오늘 우리의 녹음기에 담겨 있는 노래는 첼시

호텔 두 번째 버전이다. 그런 것들이 운명이라고 생각해. 그러니까 나는 신에게 찬양할 수 없는 운명인 거지. 나는 〈할렐루야〉를 생각하며 〈첼시 호텔 두 번째 버전〉을 들었다. 해가 뜨고 있었고, 코헨의 목소리는 너의 낡은 LP판만큼이나 늙어 있었다.

내가 너에게 말했나? 너의 그 LP판들은 이제 꽤 비싼 물건들이 됐다. 어떻게 알았는지 사람들에게서 가끔 전화가 와. 네가 아꼈던 그 앨범들을 팔 생각이 없는지 묻는 이들이 꽤 많다. 사람들은 끊임없이 무언가를 내다 버리고 버린 것들을 다시 그리워한다. 낡은 것들을 함부로 걷어차고 오래된 것들을 다시 비싼 값에 사들여. 이틀 전에는 네가 가신 음반을 모두 팔면 우리가 평생 만져 보지 못했던 금액의 돈을 주겠다고 하는 사람도 있었어. 아무래도 J 때문인 것 같다. 너에게 대중음악의 역사만큼 거대한 LP컬렉션이 있다고 소문을 내고 다닐 사람은 J밖에 없으니까. J는 관절염이 심해져서 잘 걷지는 못하지만 여전히 입은 스물다섯 살 때처럼 가벼워. 어릴 때는 그게 뭐가 그리 얄미웠는지 모르겠지만, 지금은 J가 있어서 다행이라는 생각을 한다. J가 없었더라면 나는 프랑스어를 제대로 배우지 못했을 거야. 우리 둘은 늘 붙어도 한국어도 아닌 우리만의 언어로 이야기했으니까 내 불어 실력이 늘지 않았지. 그런 내게 J가 일상의 언어를 가르쳐 줬다. 사실 나는 J를 알기 전까지 일상의 것들, 평범한 것들은 아름다울 수 없다고 생각했어. 미용실에 앉아서 이웃을 헐뜯는 여자들의 말이나, 어떤 배우의 젊은 애인 이야기, 정치가들의 거짓말, 상인들의 과장된 언어가 모두 천박하다고 생각했거든. 시의 언어는 그런 것과 달라야 한다고 믿었지. 그래서 늘 사람이 없는 황량한 풍경의 시를 썼던 게 아닐까. 여기가 아닌 다른 곳의 언어를 가져와 사람들이 그것을 이해해 주길 바랐던 것은 아닐까. 어느 날 J가 내게 말했다. 사람만이 나와 상관없는 사람들의 이야기에 웃고 울고, 거짓말인 줄 알면서 믿어 보고, 실망하고 미워하고, 그럼에도 불구하고 사랑을 꿈꾼다고. 그래서 시도 노래도 들을 수 있는 것이라고. 그리고 내게 물었다. "그런 사람들을 있는 그대로 담은 시를 쓸 수는 없는 거야?"

나는 J의 말을 지금도 생생히 기억해.

"시는 종교가 아니야. 찬송가도 아니고. 그건 사람에 의한, 사람을 위한 노래야."

나는 사람의 노래를 썼을까?

너는 어떠니? 너의 노래는?

지금 생각해 보니 레너드 코헨의 〈할렐루야〉는 신을 위한 찬양이 아니었던 것 같다. 그는 신을 위해 부른 게 아니라 사람을 위해 그 노래를 부른 거야. 신의 존재 여부를 두고 지금도 번민하는 사람들을 위해서. 시라는 것을 모두 잊어버린 지금이 되어서야 나는 시가 무엇인지를 말하는 목소리를 듣기 시작한다. 부질없는 짓이지.

여하튼 사람들에게 너의 음반들을 팔지 않겠다고 말했다. J가 무덤에 가지고 들어갈 거냐고 묻더라. 사실 그런 생각을 안 해 본 것도 아니야. 죽은 자들의 호텔을 지을까 하고. 재니스 조플린의 방과 레너드 코헨의 방을 만들고. 그리고 너와 나는 아무도 모르는 비밀스러운 장소에 영원히 숨는 거지. 사람이 참 우스워. 죽음 그다음의 일까지 욕심을 부리고. 농담이다. 끔찍한 농담. 살아 있는 것들은 산 사람의 것이지. 나는 죽은 성자들의 거룩한 집보다, 산 사람들이 신을 원망하는 자리가 더 좋다. 신이 있다면 용서해 줄 거야. 우리가 아무리 심하게 다투면서 욕을 해도 서로를 용서해 줬듯이, 그러지 않을까? 그렇게 큰 자라면 말이야. 그러니 너의 그 LP판들이 무덤에 묻힐 리는 없을 것이다. 혹시 이상한 변덕이 생겨서(너도 알다시피 내가 요즘 변덕이 심하잖아), 혹은 스테이크를 태워 먹었듯이 정신 줄을 놓고 깜빡 팔아 버릴까 봐, LP판을 담아 놓은 열 개의 상자에 이런 메모를 붙여 놓았다. '절대 팔지 말 것', '원하는 사람은 그냥 가져가시오'

그러니 걱정하지 않아도 된다. 나는 너의 보물을 돈과 바꾸지 않을 거야. 우리는 평생 돈과의 싸움에서 시원하게 이겨 본 적이 없으니까 한 번은 멋지게 던져 버려도 괜찮겠지. 그런 생각을 하면 통쾌하다. 절대 이길 수 없는 무언가를 결국은 이긴 듯한 기분이 들거든. 나는 너와 내가 없는 어느 날, 우리의 보물들을 누가 주워 갔으면 한다. 돈뭉

치가 아니라 사람의 손이, 호기심 가득 담긴 그러나 신중한 얼굴을 한 누군가가 그것들을 품에 안고 갔으면 좋겠어. 아주 오래전에 우리가 파리의 6구를 돌면서 부자들의 쓰레기를 주우러 다녔던 것처럼, 누군가 신나게 그것들을 주워 갔으면 좋겠다. 전설 같은 가수들의 사라져 버린 LP판을 품에 안고 집으로 달려가는 사람들을 생각하면 재미있지 않니? 인생이 꼭 보물찾기 같잖아. 우리는 보물을 숨긴 사람들이 되는 것이고. 가끔 그런 생각을 해 본다. 그것이 신의 꿈이 아니었을까, 하는. 보물을 숨긴 자가 되는 꿈. 멀찍이 떨어져서 보물을 찾으러 다니는 사람들을 흐뭇하게 바라보는 꿈. 신이 있다면 신도 그런 꿈을 꿨을 것이다. 그리고 신이 있다면 신 역시 실패한 꿈에 슬퍼했을 것이다. 신도 이루지 못한 꿈을 너와 내가 실현해 보자. 네가 그렇게 좋아했던 그 LP판들은 누군가의 보물이 될 것이다. 우리가 6구의 거리에서 주웠던 재니스 조플린 음반처럼. 딱 한 곡을 제외하고는 음질이 엉망이어서 도저히 들어 줄 수 없었지만 우리는 그 음반을 레너드 코헨 옆에 잘 모셔 두었지. 그 작은 방이 첼시 호텔이라도 된 것처럼. 재니스 조플린이 머물렀던 411호와 레너드 코헨이 묶었던 424호가 우리만의 공간에 있었던 거야. 나는 이상하게 그 둘의 사랑 이야기가 잊히지 않아. 웃기는 일이다. 스테이크를 태워 먹는 주제에, 집으로 돌아오는 길을 잊고 벌벌 떨었던 주제에, 오래된 남의 사랑 이야기는 왜 잊어버리지도 않는 건지.

사실 요즘 종종 길을 잃는다. 어느 순간 낯선 곳에 서 있을 때가 있어. 돌아오는 길이 생각이 나질 않아서 미로 같은 길을 돌고 돌다가 J에게 전화를 한다. 의사는 아직 시작이라지만, 내가 알아. 많은 것들이 빠르게 지워지고 있어. 얼마 전에는 우리가 살았던 그 집에 다시 가 보려고 하다가 길을 잃었다. 정신을 차려 보니 내가 알던 파리가 아니었어. 분명 우리 집이 있던 그곳이 맞는데 아무것도 없었다. 큰 개를 키우던 세르비아 남자도, 턱관절 장애를 앓아서 이상한 소리를 내던 늙은 유대인 여자도, 가발 공장에서 일하던 파티마도. 지나가는 젊은이를 붙들고 물었더니 1년 전에 난민 출신인 어느 아랍인이 불을 질렀다는 거야. 테러 사건을 기억하시지 못하냐고 묻더군. 나는 내가 살고 있는 지금이 2059년인지 2015년인지 헷갈리기 시작했다. 어째서 그렇지? 세상이 얼마나 변했는데, 버튼 하나면 모든 것이 해결되는 오늘날에 어째서 2015년과 똑같은 비극들이 벌어질 수 있는 거지? 어떻게 우리가 떠났던 2016년과 똑같은 비극의 트라우마들이 계속될 수 있는 거지? 나는 청년에게 이곳에 살던 사람들은 모두 어떻게 됐는지 되물었어. 그는 난민들, 불법 체류자들이 대부분이어서 추방당했을 확률이 높다고 말했다. 나는 주변을 둘러봤다. 우리가 살았던 그 동네에는 우리가 떠났을 무렵의 흔적들은 아무것도 남아 있지 않았지. 모든 것이 바뀌었어. 건물도, 환경도, 사람들도. 오직 하나 바뀌지 않은 것이 있다면 길과 길 사이에 있는 아무도 가지 않는 또 다른 길, 그곳에 숨어 사는 가난과 소외였다. 거기, 여전히 돈을 훔치는 아이들이 있고 마약을 제조하는 청춘들이 있으며 통증에 죽어 가는 노인들이 있었다. 화학무기의 사용으로 이제 더는 생명체가 살 수 없는 땅이 생겨났고 그곳에서 살 수 없어 이곳으로 넘어 온 난민들은 이 길과 길 사이, 아무도 가지 않는 막힌 길로 내몰렸지. 나는 머리카락을 숨기며 살아가는 비극들을 봤다. 우리들이 슬며시 눈을 감고 지나치는 모퉁이에 어쩌면 너와 나였을 수도 있는 그 비극들이 있었어. 그러니 너는 이해하겠니? 내가 〈할렐루야〉를 부를 수 없는 이유를.

그래도 우리는 운이 좋았다. 어쨌거나 네가 작곡한 노래와 내가 쓴 시로 월세를 내고 밥을 먹고 술을 마셨으니까. 생각해 보니 나는 많은 시를 썼다. 시를 쓰는 것이 좋았고 시를 쓰면 먹고는 살 수 있었다. 그런데 이제 그 시들이 하나도 생각이 나질 않아. 내가 시를 쓴 게 맞긴 하니? 요즘 가끔 그런 생각을 한다. 내가 혹시 시를 쓴 적이 없었던 것이 아닐까? 모두 나의 잘못된 기억이 만들어 낸 가짜 추억이 아닐까? 내가 시를 썼다면 나의 시들은 지금 어디에 있을까? 오래전에 절판된 시집 속에 갇혀 있을까?

내가 정말 시를 쓴 게 맞니?

내가 아는 시인 중에 시집을 단 한 권도 출판하지 않은 시인이 있다. 구전 노래처럼 그의 시가 입에서 입으로 전해졌지. 나는 왜 그런 시를 쓰지 못했을까? 내가 쓴 시는 왜 종이에 갇혀 나오지 못했을까…… 나는 오랫동안 내가 시인으로서 실패한 이유가 팔리지 않은 시집을 썼기 때문인 줄 알았는데, 이 나이가 되어 보니 알겠다. 나의 시는 노래가 되지 못한 거야. 글자로 묶인 시를 어떻게 시라고 부를까.

나는 시를 쓴 적이 없다.

아니, 딱 한 번, 한 편의 시를 썼다. 너의 기타를 멘 나의 등이라는 시. 그것만이 종이를 탈출하여 여기, 감각으로 생생하게 존재한다. 한 편의 시, 그것이면 된 것인가? 노래 한 곡만큼 짧은 이 생에 그거 하나는 건졌음을 감사해야 하는 것인가? 그래, 그것이 너의 기타여서 다행이다. 고맙다.

의사가 오늘 아침, 내게 종교인을 모실 것인지를 물었다. 대부분 이런 경우 종교인들이 오지 않지만, 간혹 모시는 경우도 있다고 한다. 마지막 예식을 위해 오는 종교인들은 특별한 친분이 있는 경우 큰 용기를 내서 오는 거래. 아직 종교는 안락사를 허락하지 않으니까. 한국도 마찬가지야. 아직 안락사라는 제도를 논의 중이라고 들었다. 시간이 걸리겠지. 한국에서 낙태죄가 폐지될 때까지 얼마나 오랜 시간이 걸렸는지 너도 알지? 2019년에 헌법 재판소가 처음으로 낙태죄 헌법 불합치 결정을 내린 이후에도 한참을 더 기다려야 했으니까. 그러니 안락사도 마찬가지지 않을까? 내가 오래전에 병원에 누워 생을 끝낼 바에는 안락사를 선택하겠다고 자신 있게 말했던 것을 기억하고 있지?

너 역시 그럴 것이라고 말했고. 시간이 지나 죽음과 친해지는 나이가 되고 보니 새삼 생에 대한 애착을 깨닫는다. 이 마음은 어쩌면 나의 인생처럼 이리도 모순덩어리인지! 나는 레너드 코헨이나 재니스 조플린을 생각하면 말끔하게 죽고 싶고, J와 J의 미용실의 여자들을 생각하면 살고 싶다. 이렇게 너의 손을 잡고 주절주절 떠들 수 있는 삶을 생각하면 너를 붙잡아 두고 싶고, 손가락 하나 움직이지 못하고 육체 안에 갇혀 있는 너를 보면 어서 자유롭게 놓아주고 싶다. 사람들은 그래서 종교를 믿나 봐. 다음이 있다고 생각하면 이 결정이 조금 쉬워질 테니. 너는 다음이 있다고 생각하니? 어제만 해도 J에게 다음 같은 것은 어디에도 없다고 말했는데, 지금 나는 다음이 있다고 믿고 싶다. 신이란 게 혹시 그런 것인가? 믿는 것이 아니라, 믿고 싶은 것이 아닌가?

다음 달에 나는 77세가 된다. 현대 의학을 생각하면 아주 젊은 나이지만, 너도 알다시피 우리는 현대 의학과 상관없는 삶을 살아왔으니까. 우리는 세상과 다른 속도로 늙어버렸지. 남들처럼 착실하고 건실하게 살았다면 조금 더 젊게, 건강하게 살았을까? 그래도 후회는 하지 않는다. 재미있었으니까. 여름날의 베짱이, 나는 여전히 개미보다는 베짱이가 좋다. 우리에게는 노래한 기억이 없는 삶이 추위를 견뎌야 하는 삶보다 더 무서웠잖아. J가 그랬다. 우리야말로 이 시대에 마지막 남은 진정한 히피라고. 그 말을 듣고 얼마나 웃었는지 몰라. J의 말에 스물다섯으로 돌아간 것 같았다. 그래, 스물다섯에 우리는 멋진 히피가 되는 꿈을 꿨었어. 그러니 이제 77세의 히피가 되어 너를 보내 줘야 하겠지. 오래 꾸었던 꿈처럼.

그런데 말이야, 왜 이렇게 물음이 많아지니? 이제 와서 나는 아무도 답을 줄 수 없는 것들의 답이 자꾸 궁금해진다. 77년을 살았는데, 내가 살았던 인생은 다 눈밭 위에 남은 발자국 같아. 하염없이 쏟아지는 눈에 금세 덮여 버리거나, 모조리 녹아 엎어질 것 같은.

의사에게 물었다. 이런 경우는 어떻게 준비를 해야 하는지. 의사가 차분히 설명을 해 주더라. 종교인을 불러도 좋고, 어떤 사람은 찬양 혹은 기도를 하기도 하고, 그런 의식을 갖춘 후에 의사가 약물을 투여하면 네가 떠나는 것이라고 했다. 나는 종교인은 없다고 미리 말해 두었다. 찬양이나 기도 대신 노래 한 곡을 함께 듣겠다고 했어. 의사는 내게 무슨 노래인지 물었고, 나는 레너드 코헨의 〈첼시 호텔 두 번째 버전〉이라고 대답했지. 그가 웃으며 말했다.

"〈할렐루야〉가 아니고요?"

나는 고개를 저으며 대답했다.

"그것이 신을 향한 우리의 찬양이에요."

나는 저 하늘에 신이 있다고 믿지 않지만 혹시 신이 있다면, 신이 사는 곳은 내가 너를 처음 봤던, 너와 같은 집으로 돌아가는 꿈을 꿨던, 너의 기타를 내 등에 멨던 그 순간들, 짧지만 영원한 찰나, 그곳이 아닐까 생각한다. 그러니 우리의 마지막은 신이 아니라 사랑하는 순간들에 바치는 찬양이어야 하겠지. 이 노래가 너와 함께할 것이다. 아프지 않을 거야. 의사에게 몇 번이나 물었다. 혹시 고통스러운 것은 아닌지 몇 번이나 확인했어. 의사는 고통스럽지 않은, 편안한 죽음을 약속한다고 했다. 죽음 앞에서 사람들은 신에게 무릎을 꿇고 울며 기도를 한다고 하던데, 나는 의사를 붙들고 울었다. 아프지만 않게 해달라고. 고통으로 영혼이 찢겨지지 않게 해 달라고, 편안하게 노래가 되어 흩어지게 해 달라고. 의사는 내 손을 꼭 쥐었다. 그의 커다란 손이 신의 손처럼 느껴졌어. 나는 그를 믿기로 했다. 나는 아직 사람을 믿고 싶다. 그러니 걱정하지 마. 이제 육체적인 고통은 너를 괴롭힐 수 없을 테니까.

이제 너의 남은 걱정은 나겠지. 조금씩 기억을 잃어가는 내가, 이 땅에서 50년을 살았지만 여전히 이방인인 내가 어떻게 살고 죽을 것인지, 그것이 마음에 걸리겠지. 나 역시 너를 따라 죽음을 앞당기고 싶다고 수없이 많이 생각했다. 나도 두려우니까. 그러나 조금만 더 싸워 볼게. 마지막까지 우리의 삶에 대한 기억을 붙들다가 인간으로서 존엄성을 지킬 수 없을 때, 그때 너를 따라갈게. 나는 나의 죽음을 선택하되, 죽음으로 도망치고 싶지는 않으니까. 우리는 인간으로서 인간답게 존재할 수 있을 때까지는 반드시 살아야 하는 숙제를 쥐고 태어났으니까. 그러니 다음 생이 있다면 그냥 돌멩이로 태어나자. 돌멩이로 태어나서 무덤덤한 사랑을 하자.

이제 의사가 들어온다. 2059년 8월 7일, 오전 11시, 병실 창문 너머로 보이는 여름의 풍경은 지난 몇 년간의 이 땅의 상처들을 위로한다. 수십 년 전과 다를 것 없는 찬란한 태양과 푸르른 나무들, 그리고 여전히 들뜬 소녀들의 웃음소리, 곳곳에서 퍼져 나오는 삶의 달큰한 냄새들. 나는 문득 시간이란 것이, 내가 오래전에 썼던 시처럼 하나의 산념이 아닌가 생각해 본다. 저 창문 밖으로 나를 내던지면 언제든지 초 단위의 여행을 시작할 수 있지 않을까. 파리의 작은 방, 우리들의 여름 부엌, 테팔 프라이팬에서 지글지글 익어 가던 스테이크, 바스티유의 길모퉁이, 무슬림 전통 복장을 한 남자들, 마리화나를 파는 남자와 어린아이, 오페라를 보고 나오는 커플, 방방 뛰며 서로를 끌어안고 웃던 젊은이들, 그곳을 배회하던 나와 길바닥에서 노래를 부르고 있던 너, 스물다섯 우리들.

의사가 내게 너의 손을 잡아도 좋다고 말한다. 나는 의사에게 이제 노래를 틀어도 되는지 묻는다. 의사가 고개를 끄덕인다. 나는 녹음기의 버튼을 누른다. 그것은 너무 낡아서 한 번에 플레이가 되지 않아 몇 번을 다시 눌러야 한다. 그래, 그리고 아주 작은 노랫소리가 흘러나온다.

I remember you well in the Chelsea hotel……

우리에게 노래 한 곡만큼의 시간이 남았다.

의사가 내게 말했다. 너를 위해 기도를 해도 좋고, 마지막으로 할 말이 있으면 해도 좋다고. 나는 너의 손을 잡고 그저 노래를 흥얼거린다. 이 노래가 90분쯤 되었으면 좋겠다. 너무 짧다. 노래도, 인생도. 리듬을 놓치고, 가사를 잠시 잊어버려 더듬는 사이에 끝나 버리니.

한여름의 베짱이, 레너드 코헨을 만나면 〈할렐루야〉보다는 〈첼시 호텔 두 번째 버전〉이 더 좋다고 전해 주렴. 오래 누워 있어서 피부가 문드러진 너의 등을 그의 사인으로 멋지게 감춰 봐. 그리고 거기가 어디인지 모르겠지만 길바닥에 주저앉아 노래를 하며 나를 기다려 줘. 지금부터 나는, 언제나 여름이고 노래와 시가 멈추지 않는 그곳으로 내 기억을 조금씩 옮겨 놓을게. 그리고 또 한 번 너를 만나 영원히 같은 집으로 돌아가는 꿈을 꿀 거다. 너의 기타를 등에 메고, 여섯 줄에 걸린 희망을 거뜬히 들고, 우리의 작은 집으로 돌아가는 꿈을.

여름 햇살이 하얗게 번진다.

이제 마지막 소절이다.

너무 짧고 아름다운 노래가 끝났다.

Les taches

얼룩이 된 것들

어느 소도시의 다리에 관한 이야기다.

역사를 빠져나와 눈발 날리는 길을 십여 분 걷는다. 중국집, 다방, 중고 가전제품 판매점, 구멍가게, 증권회사, 여인숙을 지나쳐 왼쪽으로 돌면 국숫집 그리고 육교.

회색 콘크리트 다리다. 다리 위로는 사람들이 다리 아래로는 상행선, 하행선 기차가 지나다녔다. 봄에는 개나리, 가을에는 코스모스 같은 것이 피었는지도 모르겠다. 여름에는 이름 모를 풀들이 무릎까지는 자랐을 것이다. 그러나 내가 기억하는 풍경 속 계절은 언제나 회색 하늘과 다리 끝이 맞붙어 있던, 눈발이 속눈썹에 엉겨 붙었던 겨울. 내 기억은 여전히 그 다리의 겨울을 넘는다.

도시의 규모에 비해 역사는 제법 컸다. 폭발 사건이 일어났던 곳이라고 했다. 어릴 적에는 어디를 가도 그 이야기가 빠지지 않았다. 티브이에서 역이 폭발했을 때 유명한 여가수를 업고 뛰었다던, 이제 고인이 된 코미디언의 일화가 나오기도 했다. 도시의 옛 이름을 딴 영화도 있었다(그 도시는 1995년에 이름을 바꾸었다). 그 이름을 기억하는 사람이 더는 없을 줄 알았는데…… 좋아하는 감독의 영화다. 얼마 전 10년 만에 그 영화를 다시 봤다. 티브이에서 왜 저렇게 우울한 영화가 나오는지 모르겠다고 투덜대던 진영은 금세 잠이 들었다. 나는 그렇게 모텔 방에서 그곳과 다시 조우했다.

영화를 보는 내내 눈을 자주 감았다. 감독의 영화는 대체로 그런 식이다. 아무것도 아닌데, 아무것도 아니지가 않아 자꾸 눈을 감게 된다. 잊힌 도시의 이름을 제목으로 쓴 것도, 그 동네를 빙빙 도는 택시도, 떠나지도 머물지도 않은 사람들의 얼굴도, 하나 변함없는 그 낡은 아파트도, 모두 아무것도 아닐 수가 없었다. 손 하나가 심장 속으로 쑥 들어왔다. 굳은 심장을 조물조물거리는 그 손은 무례한 것인가 다정한 것인가 폭력적인 것인가. 그냥 멀미라고 하자. 덜커덩, 덜커덩, 낡고 냄새나는 기차를 타며 멀미를 했던 그때의 기분 같은.

그 도시로 떠나던 날 기차 안에서 지독한 멀미를 했다. 겨울이었고, 히터의 더운 바람과 귤 냄새와 삶은 달걀 냄새, 김밥 냄새가 뒤섞인 공기는 답답했다. 창밖에 누렇게 얼은 평야를 보던 엄마와, 바지의 짧은 밑단을 밑으로 잡아 끌어내리던 아버지의 얼굴을 기억한다. 박제된 절망 같은 것이 오래 쓴 근육처럼 도드라져 있던 표정을. 언젠가부터 절망은 그들의 윤곽이 됐다.

인천에서 서울로 서울에서 그곳까지 버스를 타고 기차를 탔다. 짐은 몇 개 되지 않았다. 아버지는 국수 때문에 떠나는 것이라고 했고, 엄마는 아버지의 말을 비웃었다.

"역에서 내려 조금만 걸으면 다리가 나와. 그 다리 앞에 국숫집이 하나 있는데, 거기 국수가 기가 막히게 맛있다. 너 국수 좋아하지?"

떠나던 날, 불을 켜지 않은 컴컴한 방에서 아버지가 말했다. 우리는 도둑처럼 말했고 쥐처럼 움직였다. 방에서 몰래 나와 벽에 붙어 한 줄로 걷다가, 구멍 같은 대문을 빠져나와 골목으로, 골목에서 지하도로.

우리가 가는 길목마다 고개를 깊이 숙인 밤이 있었다. 아버지와 엄마는 단출한 짐에도 어느새 헐떡였다. 나는 크리스마스 선물로 받은 귀마개를 하고 있었다. 모양과 색깔은 잊었지만 복슬복슬한 털의 감촉과 귀마개를 씌워 주던 엄마의 손이 얼굴에 닿았던 느낌은 남아 있다. 빨갛게 부풀어 올라 하얗게 갈라져 있던 손. 귀마개도 어쩌면 엄마의 손과 비슷하지 않았을까. 귀마개가 아니라 엄마의 손이 씌워진 것도 같았는데……

기차를 타는 내내 검은 봉지를 꼭 쥐었다. 귤 냄새가 나는 봉지에 얼굴을 묻고 속을 몇 번씩 게워 냈다. 바람을 쐬려고 창문을 열었을 때는 뒷좌석에 앉은 남자가 의자를 발로 찼다. 엄마는 짐승 같은 얼굴을 하고 남자를 노려보았고, 아버지는 형광등 켜진 천장만을 바라봤다. 하얀 불빛이 아버지 얼굴의 얼룩을 여지없이 드러냈다. 옅은 점과 기미들, 눈 밑의 거무튀튀한 피로의 흔적들, 완전히 망한 자의 얼굴. 머리 위로 소리 없이 먼지들이 내려앉았고, 창밖에는 끝도 없는 평야가 펼쳐졌다. 노랗고 푸석한 땅 위에 날카롭게 날을 세운 서리 자국들도 있었다. 그렇게 오래 기차를 탄 것도, 그토록 넓은 평야도, 얼은 대지도, 모두 처음이었다.

겨울의 풍경은 기차의 속도에 맞춰 빠르게 달아났고, 눈발만이 끈질기게 쫓아와 창을 때렸다. 도시에 도착했을 때 눈은 유리처럼 피부에 박혔다. 아버지의 홑겹 바지가 초라하게 휘날렸다. 아버지는 여름 양복에 파카를 입고 있었다. 서울역에서 닦은 구두는 금세 더러워졌다. 하얗게 쌓인 눈 밑으로 흐르는 도시의 구정물을 밟으며 아버지가 앞장을 섰고, 그 뒤로는 엄마, 행렬의 마지막에는 내가 있었다. 눈이 가로로 날릴 때는 콧구멍이 차가웠고 속눈썹이 젖었다. 조금만 걸으면 된다고 했다. 조금만 가면 다리가 나오고 다리 옆에는 진짜 맛있는 국숫집이 있다고, 아버지는 국수로 나를 달랬다. 사실 나는 국수를 그다지 좋아하지 않았다. 짜기만 한 멀건 국물도, 씹기도 전에 목구멍으로 넘어가는 힘 없는 면발도.

국숫집의 천장은 낮았다. 간판은 따로 없었고, 미닫이문에 빨간색 글씨로 커다랗게 국수라고 쓰여 있는 게 전부였다. 문은 여는 것보다 닫는 것이 힘들었다. 요령이 있어야 한다고 했다. 뭐든 요령이 중요한 것이라고, 국숫집 아주머니는 말했다. 아주머니는 요령껏 국수를 말았고 국수의 맛은 실망스러웠다. 문밖에는 사나운 바람이 삭막한 풍경을 때렸다. 너무 오래 맞아 얼얼한 감각만 남은 것들은 작은 비명을 질렀다.

땅거미 질 무렵, 우리는 다리를 건넜다. 아버지에게 이제부터 여기에서 사는 것이냐고 몇 번이나 물었으나 돌아오는 대답은 없었다. 다리 밑을 지나는 기차 소리만이 찬 공기를 뚫고 울려 퍼졌다.

"저 차가 오늘 마지막 상행선이다."

다리 중간에 멈춰 서서 기차를 바라보던 엄마가 말했다. 엄마는 마지막 기차를 놓친 사람처럼, 마지막 기차에 중요한 것을 두고 내린 사람처럼 울었다. 아버지는 가던 걸음을 멈추고 엄마를 기다렸다. 파카 주머니 속에 숨어 있던 아버지의 시커먼 손이 엄마의 팔을 낚아챘다. 엄마는 아버지의 옷깃을 꼭 붙들었고, 나는 엄마의 반대쪽 손을 쥐었다. 그날 우리 가족은 나란히 걸었다. 마치 이전까지 한 번도 그랬던 적이 없었던 것처럼 간절하게 손과 팔과 옷깃을 쥐고, 좌우지간 서로의 무언가를 꼭 쥐고 다리를 건넜다. 그렇게 다리 건너 저쪽은 우리 집이 됐다.

'다리 건너에' 그것은 나의 수식어이자, 신분이자, 주소였다. 나는 '다리 건너에' 사는 아이로 불렸고, '다리 건너에' 사는 아이로 분리됐으며, 누군가 내게 어디에 사는지를 물으면 나 역시 '다리 건너에' 산다고 대답했다. 도시의 시간은 다리를 기준으로 두 갈래로 나뉘었다. 뉴타운 백화점과 새 아파트가 들어서기 시작한 이쪽과 낡고 오래된 서민 아파트와 무엇이 나고 자라는지 알 수 없는 농지, 뒤숭숭한 소문만 돌던 놀이터가 있던 저쪽. 나는 다리를 넘어오는 길에 자신의 배꼽을 보며 걷다가 엎어지는 어른과 종이박스를 실은 리어카를 미는 노인, 머리에 분홍색 수건을 뒤집어쓴 채 바쁘게 걷는 여자들을 만났다. 바람이 지랄맞게 부는 날에 그들은 모두 옷깃을, 난간을 붙잡았다. 마음이 뒤집어지지 않도록, 마음이 뒤집혀 저 아래로 굴러떨어지지 않도록.

나는 그 다리에서 마음이 뒤집혀 떨어진 사람들의 이야기를 알고 있다.

김민교, 이창희

국숫집 아주머니의 이야기 속에 사는 그들의 이름은 국숫집 벽에 낙서처럼 적혀 있었다. 아주머니의 이야기는 '걔들이 여기 온 날이, 그러니까'로 시작됐다.

갸들이 여기 온 날이 그러니까 아마 유월 초하루였을 것이요.

역에서부터 최루탄 연기가 자욱하게 밀려오던 벌건 대낮, 두 청년이 국숫집으로 뛰어들어 왔다. 한 명은 키가 훤칠하고 눈이 커서 인상이 서글서글했고, 다른 한 명은 키가 작고 몸집이 단단하며 눈빛이 날카로웠다. 아주머니는 뒷마당에 있는, 아무도 쓰지 않는 수세식 변소에 두 청년을 숨겨 놓고 데모하는 놈들 잡으러 다닌다는 형사들에게 국수 네 그릇을 팔았다.

"배짱 하나는 끝내 줘."

식당 구석에 앉아 이야기를 듣던 누군가 말했다. 끼어들지 말라고 손짓하는 이도 있었다. 이야기는 '내가 청심환을 두 개나 삼켰응께'로 다시 이어졌다.

국수를 말면서 몰래 내가 청심환을 두 개나 삼켰응께. 목구멍에 걸려 가지고 얼마나 고생했는지 몰러.

해가 지고 나서야 뒷마당에 숨긴 청년들을 안으로 들였다. 하루 종일 화장실에 갇혀 있던 그들의 얼굴은 똥독이 오른 것처럼 누렇게 떠 있었다. 아주머니는 두 청년에게 고추와 파를 듬뿍 넣은 국수를 먹였다. 작은 놈이 공짜로 얻어먹은 것이 미안하다며 종이와 볼펜을 찾았고, 아주머니는 방바닥에 굴러다니는 뉴타운 백화점 세일 광고지와 사인펜 하나를 건네줬다. 작은 놈은 광고지 뒷장에 '김민교, 이창희 국수 두 그릇 외상'이라고 큼지막하게 적어 아주머니에게 종이를 내밀며 '돈 갚으러 오면 지워 주십시오'라고 말했다. 목소리가 우렁찼다. 네 놈이 앞장서서 소리 좀 질렀겠구나, 아주머니는 누가 들을까 무서워 조용히 중얼거렸다.

한동안 머리에 띠 두른 놈들은 죄다 잡아갔다는 소문이 돌았다. 잡혀간 놈들은 감감무소식이다, 뺨을 하도 얻어맞아 귀 병신이 된 놈도 있다는 소리도 들었다. 아주머니는 미래가 창창한 놈들이 공부는 안 하고 데모나 하고 다니는 꼴이 한심하다는 생각과 세상이 오죽 요상하면 학생들이 때려죽인다고 해도 나와서 저럴까 싶은 마음 사이에서 갈팡질팡하다가, 에라 모르겠다, 내가 그걸 알아서 뭘 하겠냐 하며 국수를 말았다. 다만 내 새끼 귀하면 남의 새끼도 귀한 것이니, 화장실에 숨겨 줬던 두 놈만은 요령껏 안 걸리고 잘 살았으면 좋겠다고 생각했을 뿐. 사는 데 요령만큼 중요한 게 어디 있을까? 그때부터 아주머니는 요령껏 국수를 말았다.

초가을 즈음에 다리에서 젊은 남자가 떨어져 죽었다. 며칠 경찰들이 왔다 갔다 하는 바람에 아주머니는 마음이 심란하여 장사를 망쳤다. 이전에도 술 마시고 떨어져 죽은 놈이 있었다. 술이 저승사자다. 마음 같아서는 냉장고에 있는 소주병들을 죄다 가져다 버리고 싶었으나 목구멍이 포도청인지라. 국숫집에서 소주 없으면 장사가 되나……

라디오에서 이용의 '잊혀진 계절'이 나오던 늦은 밤, 문을 막 닫으려던 차에 키가 훤칠한 놈이 다시 가게를 찾았다. 혼자였고 눈이 퀭해 보일 정도로 많이 여위었다. 아주머니는 혹시나 하는 마음에 작은 놈의 안부를 물었다.

"온다고 해 놓고 이놈이 안 오네요."

청년이 대답했다.

"괜히 쏘다니지 말고 어디 꼭꼭 숨어 있으라고 혀라."

아주머니는 말했다.

청년은 혼자서 국수 두 그릇을 먹었다. 소주도 한 병 마셨다. 계산할 때는 지난번 국수 두 그릇 외상값까지 갚겠다고 했다. 그러고 보니 여기 어디 적어 놓았을 텐데, 아주머니는 전화번호부 사이에 껴 놓았던 뉴타운 백화점 세일 광고지를 찾아냈다. 아주머니는 청년이 보는 앞에서 돈을 갚았다는 의미로 뒷면에 적혀 있던 김민교와 이창희 이름에 시원하게 빨간 줄을 그었다. 속이 시원하냐, 청년에게 물었더니 고개를 끄덕였다. 청년은 목덜미가 추워 보였다. 아직 입동도 안 지났는데, 저렇게 생겨 먹어서 어디에 쓰려고…… 청년이 휑한 목을 하고 국숫집을 나설 때, 미닫이문이 말썽을 부렸다. 아주머니와 청년은 합심하여 뻣뻣한 문짝을 있는 힘껏 잡아당겼다. 소주 한 병 탓인지 청년은 중심을 못 잡고 나가떨어졌고, 그 꼴이 우스워 아주머니도 청년도 잠깐 소리 내어 웃었다.

"총각, 뭐든지 요령이 중요한 거여. 무식하게 힘만 준다고 되는 게 아니랑께."

아주머니의 말에 청년이 고개를 끄덕였다. 문도 고치고 외상값도 갚고, 청년은 한결 가벼워 보이는 얼굴로 인사를 하고 돌아섰다. 가을 끝자락을 품은 바람이 불었다. 청년 앞에는 회색 콘크리트 다리가 검게 버티고 있었다.

다음날 동네가 소란스러웠다. 또 무슨 일인가 싶었으나 그날따라 국수가 많이 팔려 밖에 나가 볼 틈도 없었다. 점심시간이 한참 지나서 이전에 가게에 왔던 형사들이 국수를 먹으러 왔다. 지들끼리 떠드는 이야기로, 학생 운동 주동자 두 놈이 한 달 간격으로 모두 다리에서 떨어져 죽었다고 했다. 지명수배를 때려도 안 잡히던 놈들이 결국은 여기서 시체로 발견됐다는 이야기를 들은 아주머니가 그들에게 물었다.

"아니, 잘 도망 다니다가 왜?"

멸치국수 국물을 마시던 형사가 대답했다.

"같이 데모하던 놈들은 다 사람 구실 못하게 됐으니까 지들도 괴로웠겠죠."

"그 시절에는 뒤숭숭한 일밖에 없었어……"

그 대목에서 아주머니는 늘 한숨을 쉬었다.

"다들 조심혀. 술도 조심하고, 돈도 조심하고, 사람도 조심하고, 시대가 달라졌다고 해도 또 모르는 거랑께. 공부 많이 한 놈들도 자빠지는데 우리 같은 무지렁이들이 속 뒤집히면 답도 없어."

나는 아주머니의 경고가 그곳에 있던 모든 이들을 향한 예언이 될 것 같아 무서웠다.

"그래서 어떻게 됐어요?"

내가 물었다.

"아이고, 아가. 내가 어찌 안다냐, 나 같은 무지렁이가. 내가 뭘 알것냐, 국수 맛은 알아도."

이야기는 급작스럽게, 이렇다 할 결론 없이 마무리됐다.

"갸가 갸네들이여?"

그런 걸 굳이 묻는 사람들이 있었다.

"가만히 좀 있어 봐."

그런 사람들을 면박주는 이들도 있었다.

"갸가 갸네들이 아닐 수도 있는디."

한 가닥 희망을 가져 보는 이도 있었다.

"목구멍에서 다 넘어가지 않은 국수 다발이 나왔다는 데 말 다했지. 뭔 놈의 국수를 그렇게 많이 먹었는지, 형사가 그러더랑께."

아주머니가 못을 박았다.

"그래서 아주머니가 비석 대신 벽에 이름이라도 새긴 겁니까?"

따지는 사람도 있었다.

"이름에 빨간 줄 그어 버린 게 마음에 걸려서 내가 밥을 못 먹겠습디다. 내 가게에 억울하게 간 것들 이름이라도 남겨 놓은 것이 무슨 잘못이오? 보소, 그때 놀라서 육수를 팔에 엎었다가 생긴 화상 자국이 여즉 남았응께."

아주머니는 지네처럼 생긴 흉터를 내밀었다. 만지면 여전히 뜨거울 것 같은, 쓰라릴 것 같은 흔적이 거기 있었다.

"그것이 시대의 얼룩이오."

누군가 조용히 외쳤다.

"지랄하고 자빠졌네, 시대의 얼룩은 무슨…… 지금이 전두환, 노태우 시대인 줄 아나."

다리를 건너며 아버지가 말했다. 파카에서 멸치 냄새가 폴폴 풍겼다. 시대의 얼룩이라는 말이 무슨 뜻인지 몰랐던 나는 형광등 불빛 아래 적나라하게 드러났던 아버지 얼굴의 얼룩들을 떠올렸다. 망하고 돌아온 시대의 얼굴에 새하얀 불빛을 밝히면 그런 것들이 보일까? 국숫집의 모습을 한 시대라는 자의 얼굴에 형광불을 비추면 김민교와 이창희, 국숫집 아주머니 팔뚝의 흉터 같은 것이 흩뿌려져 있을까? 시대와 아버지는 어쩌다 그런 얼룩을 가지고 살아가게 된 것일까?

얼룩과 지랄이 얼기설기 얽혀 자빠지는 다리 위에서 답을 해 줄 리 없는 시대와 아버지를 생각하며, 아버지의 옷자락을 쥐었다. 여름 양복바지가 지랄맞게 펄럭이길래, 펄럭이는 꼬라지가 아무래도 곧 뒤집힐 듯하여.

아마도 그때부터 손아귀의 힘을 길렀던 모양이다.

내가 잡은 모든 것들은 추락의 위험을 안고 있었고, 나는 무엇이든 절실히 붙들었다.

"병신 같아."

손에 힘을 주어 다리의 난간을 잡는 내 모습을 보며 은희는 말했다.

학교에 전학 간 첫날, 선생님은 나를 은희 옆자리에 앉혔다. 마침 둘이 한동네에 사니 친하게 지내면 되겠다는 선생님의 말에 나는 반가웠고 은희는 얼굴을 붉혔으며, 다른 아이들은 무심했다.

우리는 나란히 앉아 종례가 끝나면 그날의 남겨진 우유를 받았다. 선생님은 누군가 잊어버리고 먹지 않은 우유를 은희와 내 몫으로 챙겨 주셨다. 나는 부끄러웠고 은희는 화를 냈으며, 다른 아이들은 웃었다. 우리는 우유를 학교 화단에 버렸다. 남의 우유를 마시면 배탈이 난다는 것이 꼭 핑계는 아니었다. 내 우유를 마셔도 배탈이 난다는 것은 시간이 한참 지난 후, 내 돈 주고 우유를 사 먹어 본 후에야 알게 됐다. 은희는 우유를 싫어한다고 했다. 우유가 싫다는 말이 꼭 핑계는 아니었을 것이다. 가끔씩 화단에 몽글몽글 쏟아지는 하얀 덩어리에서 이상한 냄새가 났으니까. 그런 기억을 가지고 어떻게 우유를 좋아할 수 있을까? 누군가 우리에게 희고 깨끗한 우유를 예쁜 잔에 따라줬더라면, 그것이 처음부터 남의 것이 아니라 우리의 것이었다면 우유를 좋아할 수 있었을까? 추운 날 따뜻한 카페라테 한 잔이 위로가 됐을까?

우리의 탓도 우유의 탓도 아닌데, 그런 유의 등 돌림은 어쩐지 억울하다.

다만 화단의 잡초들은 한겨울에도 무럭무럭 자라났다. 썩은 우유를 먹고도 배탈 한 번 나지 않고 자란 것들이 애꿎은 수위 아저씨만 괴롭혔다.

학교를 마치고 은희와 내가 집으로 돌아가는 길에는 하루 중 가장 긴 그림자가 따라왔다. 머리카락이 가슴까지 내려오는 은희의 그림자는 작고 검은 바다처럼 넘실넘실거렸고, 짧은 단발머리에 목덜미가 길게 드러나는 내 그림자는 기린처럼 우아했다.

"너 그림자 하나는 끝내주게 예쁘다."

은희가 말했다.

"그림자라도 예쁘니 다행이네."

내 말에 은희가 웃었다.

"발바닥에 붙은 거 예뻐서 뭐하냐?"

은희는 나를 자주 놀렸다.

"너처럼 예쁜 곳이 아무데도 없는 것보다는 낫지."

나는 늘 지지 않고 혀를 내밀었다.

"그래. 발바닥에 딱 붙어서 떨어질 일은 없을 테니까."

은희는 내 말에 쉽게 긍정했다.

"애인이 생기면 그림자만 보여 줄 거다."

나는 헛소리를 잘했다.

"네 발바닥만 보라고?"

"응. 발바닥만 보라고."

"내가 실컷 봐 줄게."

은희는 발바닥을 보겠다고 내 발목을 낚아챘다. 그림자가 흔들렸다. 나는 쓰러지지 않기 위해 은희의 어깨를 붙들었고, 은희는 아프다고 소리를 질렀다.

"왜 이렇게 힘이 세?"

은희가 물었다.

"넘어질까 봐 그러지."

나는 머쓱해 웃었다.

"그래서 다리의 난간도 잡고 다니는 거냐?"

은희가 깔깔대며 웃었다.

"무서우니까."

나는 웃지 않았다.

"떨어질까 봐?"

"응."

"이렇게 튼튼한 다리에서 떨어지는 사람도 봤냐?"

"김민교, 이창희."

"그게 누구야?"

"여기서 떨어진 사람들. 국숫집 아줌마가 말해 줬어."

"그 아줌마 이야기 다 뻥이야."

"누가 그래?"

"여기서 장사하는 사람들 말은 다 뻥이라고 했어. 믿지 마."

"그 아줌마가 왜 그런 뻥을 쳐?"

"괜히 국수 한 그릇 더 팔라고 헛소리하는 거야. 슬픈 이야기하면 사람들이 술을 더 마시니까."

"말도 안 돼. 그런 거 아니야."

"야, 이 동네 사람들 말은 아무도 안 믿어줘. 다 거지 같이 사는데 누가 믿어줘. 사람들은 너나 나나 다 거지인 줄 안다니까."

"나는 거지 아니야."

"너, 우리 반 애들 생일 파티 초대받은 적 있어, 없어?"

"없어."

"왜 못 받은 것 같냐?"

"그야 전학 온 지 얼마 안 됐으니까……"

"야, 바보야, 네가 저기 다리 건너에 살아서 그런 거야. 내가 가영이 엄마랑 영우 엄마가 말하는 걸 들었다니까. 다리 너머에서 사는 애들이랑 놀지 말라고 하는 거."

"웃기시네."

"믿든지 말든지 너는 죽어도 생일 파티 초대는 못 받을 걸? 나는 그 사람들 이해해. 부모가 거지면 애들이 불량 청소년으로 자라거든."

"우리 아버지, 엄마는 거지가 아니야."

"우리 아버지는 거지야."

"네가 거지야."

"죽을래?"

"살래."

나는 말장난이 재미있어 웃었고 은희는 그런 내게 눈을 흘기며 등을 꼬집었다.

"나는 세상에서 저 다리 건너는 게 제일 싫어. 너무 싫어서 10초 만에 뛰어가. 싫은 것들은 모두 10초 만에 지나갔으면 좋겠어."

은희가 말했다. 저녁은 서서히 검은 물감을 풀었고 우리들의 어여쁜 그림자는 사라지고 있었다. 은희는 내 손을 놓고 전속력으로 달리기 시작했다. 10초는 뻥이다. 30초 정도 됐을까? 은희가 뛸 때마다 책가방에서 철제 필통 부딪치는 소리가 났다. 만화영화 속 목동이 흔들던 방울처럼, 그것이 딸랑딸랑 울리면 양들은 푸른 초원을 뒤로하고 줄을 지어 우리로 돌아갔는데…… 드넓은 초원에 늑대가 산다는 것은 어둡고 초라한 우리로 돌아가야 하는 양들을 위한 위로였을지도 모른다. 등 뒤로 뉴타운 백화점의 불빛이 반짝였고, 은희는 벌써 다리 저편에서 나를 향해 손짓했다. 빨리 오라는 은희의 외침에 나는 난간을 붙들었다. 차가운 쇠붙이가 손에 닿을 때면 김민교와 이창희 이름을 생각했다. 아무래도 은희처럼 달리는 것은 위험했다. 옷자락이 펄럭였다. 아버지의 여름 양복이 눈에 선했다. 그래, 뭐라도 붙잡는 편이 좋겠다. 엄마는 다리에서 왜 그렇게 울었을까? 오늘의 기차는 두 번 다시 돌아오지 않는 모양이지.

"뭘 그렇게 생각해. 그러니까 느려 터진 거야."

은희가 나를 한심하게 바라봤다. 은희의 등 뒤로 상행선 기차가 달리고 있었다.

"나는 나중에 서울에 갈 거야."

은희가 말했다.

"왜?"

"저 기차를 타고 마지막 역에서 내리면 서울이거든. 여기서 제일 먼 곳으로 갈 거야."

은희는 자주 서울에 대해 이야기해 달라고 나를 졸랐다. 나는 생각나는 유명한 장소를 하나씩 말하다가 '기차놀이'라는 게임을 만들었다. 그러니까 '기차를 타고 서울에 가면'이라는 문장에 서울의 명소를 하나씩 붙이는 건데, 앞에 나왔던 장소들을 잊거나 더 이상 생각나는 장소가 없으면 지는 게임이었다.

기차를 출발시키는 것은 언제나 은희였다.

기차를 타고 서울에 가면,

기차를 타고 서울에 가면 63빌딩이 있고,

기차를 타고 서울에 가면 63빌딩이 있고 한강이 있고,

기차를 타고 서울에 가면 63빌딩이 있고 한강이 있고 백화점이 있고,

은희는 게임에서 항상 졌지만 63빌딩, 한강, 백화점, 이런 단어들을 입안에 머금은 것만으로도 행복한 표정을 지었고, 그런 은희를 보고 있으면 입으로만 서울을 빙빙 도는 것이 지겹지만은 않았다.

매일 조금씩 우리는 서울을 구석구석 여행했다. 백과사전을 뒤지고, 교과서에 밑줄을 긋고, 서울을 배경으로 하는 드라마를 눈이 빠지게 보고, 은희가 출발시킨 기차를 타고 간 서울은 성장의 마법에 걸린 아이처럼 멈추지 않고 자라났다.

기차의 꼬리가 길어질수록 우리는 길음을 늦췄다. 그러나 집 앞 놀이터는 왜 그리도 빨리 나타났던 건지…… 고장 난 그네가 기울어진 그곳에는 엉덩이를 붙일 곳이 없었고, 기차놀이는 서울을 몇 바퀴 돈 후에 그곳에서 끝이 났다.

우리는 놀이터에서 헤어졌다.

은희는 가동의 101호로, 나는 다동의 202호로.

안녕, 인사를 하고 은희를 등지고 걸으면 은희에게 등을 꼬집혔던 자리가 따끔했다. 벌레가 무는 것인가, 몇 번이고 돌아봤으나 보이는 것은 내 등이 아닌 은희의 등이었고, 나는 볼 수 없는 내 등 대신에 멀어지는 은희의 등을 보며 같은 자리를 몇 번씩 빙그르르 돌았다.

은희의 집과 우리 집 사이는 어른의 걸음으로 열 발자국도 안 되는 가까운 거리였지만 나는 한 번도 은희를 집에 부른 적이 없었다.

교자상 하나, 이불 두 채, 티브이 한 대, 창문 틈으로 도둑 같은 겨울이 들어오는 집이었다. 엄마는 냉한 바닥과 청색 테이프로 곳곳에 땜질을 해 놓은 부엌이 부끄럽다고 했고, 나는 책상 대신 임시로 사용하는 교자상이 창피했다.

은희 역시 나를 초대하지 않았다. 이유는 묻지 않았다. 다만 내가 아는 것은 은희의 아버지가 술주정뱅이였고, 술에 취한 은희 아버지의 욕설이 아파트 단지에 울려 퍼지면 은희의 방에 서둘러 불이 꺼진다는 사실, 그것이 전부였을 뿐.

시커먼 방안에서 은희는 무엇을 하고 있었을까.

눈을 감고 10초를 세고 있었을까.

언젠가 은희의 방에 꺼졌던 불이 다시 켜진 날이 있었다.

"야이 쌍년아!"

은희를 부르는 은희 아버지의 목소리가 텅 빈 놀이터에 울려 퍼졌다. 그날 나는 내 방 창문에 매달려 은희의 방을 지켜보았다. 얇은 커튼 뒤로 커다란 그림자가 나타났다. 커다란 그림자의 무릎 밑으로 보이는 것은 무릎을 꿇은 작은 그림자. 커다란 그림자가 허리에서 뱀을 풀어 공중에 던졌다. 뱀은 위로 높이 솟구쳤다가 순식간에 작은 그림자를 향해 달려들었다. 작은 그림자는 잠시 나의 시야에서 사라졌다. 그러나 잠시 후 커다란 그림자가 긴 팔을 뻗어 무엇인가를 낚아 올렸고, 나는 그것이 작고 검은 바다, 그러니까 은희의 머리카락이라는 것을 알아차렸다. 바다는 파도가 되어 부서졌다. 커튼 뒤에서 그것은 하얗게 부서지고 있었다. 나는 눈을 감고 주먹을 꼭 움켜쥐고 10초를 셌다. 긴 손톱이 살을 파고 들어갔다. 1초, 2초, 3초, 싫은 것들은 모두 10초 안에 끝이 날 것이라고. 다시 1초, 2초, 3초, 4초, 또다시 1초, 2초, 3초, 4초, 5초……

그날 밤 나의 10초는 온밤이었다.

은희의 10초는 영원이었을 테지.

우리에게는 고장 난 초시계가 전부였다.

다음 날 은희는 머리카락을 사내아이처럼 자르고 나타났다. 나는 은희의 짧아진 머리카락에 대해 아무 말도 하지 않았다. 집으로 돌아가는 길, 말이 없는 은희에게 '기차놀이'를 하자고 제안한 것은 나였다.

"네가 시작해."

은희가 말했다.

기차를 타고 서울에 가면,

나는 기차를 출발시켰다.

기차를 타고 서울에 가면 63빌딩이 있고,

은희가 이어갔다.

기차를 타고 서울에 가면 63빌딩이 있고 롯데월드가 있고

기차를 타고 서울에 가면 63빌딩이 있고 롯데월드가 있고 한강이 있고,

기차를 타고 서울에 가면 63빌딩이 있고 롯데월드가 있고 한강이 있고 김은희가 있고,

은희가 웃었다.

기차를 타고 서울에 가면 김은희가 있고 이수연이 있고 아무도 없고 김은희와 이수연만 있고,

은희가 이겼다. 신이 나서 웃는 은희의 얼굴을 보며 다음 말을 이어갈 수 없었다.

"내 생일에 우리 서울에 같이 갈래? 여름에는 밤이 천천히 오니까 아침에 갔다가 밤에 오면 되잖아."

은희가 내게 물었다.

나는 고개를 끄덕였다. 약속도 하고 도장도 찍은 김에 우리는 서로의 손을 잡고 계속 놓지 않았다. 은희는 다리를 건너는 내내 뛰지 않았고, 나 역시 난간을 붙잡지 않았다. 작지만 단단한 은희의 손을 잡고 건너면 아무리 험한 바람이 불어도 떨어지지 않을 것만 같았다.

은희와 놀이터에 쭈그리고 앉아 서울을 두 바퀴 돌고 돌아온 날이었다. 엄마가 주방으로 나를 불렀다. 엄마는 무

서운 얼굴을 하고 목소리를 낮춰 은희에게서 은희의 아버지에 대한 이야기를 들은 적이 있느냐고 물었다. 처음에는 모른 척했다. 은희가 말하지 않는 것을 내가 말하는 것은 어쩐지 고자질 같았으니까. 그러나 엄마는 믿지 않았다. 내두 팔을 잡고 눈에 힘을 주어 나를 바라보며 말했다.

"엄마한테 다 말해야 엄마가 너를 지켜 줄 수 있어."

짐승처럼 번뜩이는 눈이었다. 엄마를 보며, 어쩌면 엄마라면 은희를 도울 수 있을지도 모른다고 생각했다. 나는 크게 숨을 내쉬고 내가 본 모든 것들, 그러니까 커다란 그림자와 은희의 짧아진 머리카락에 대해 모든 것을 털어놓았다.

엄마는 금방이라도 은희의 아버지를 물어뜯을 것 같은 표정을 지으며 내게 물었다.

"너 은희네 집 간 적이 있어? 없어?"

나는 고개를 저었다.

"절대 가지 마. 은희가 집으로 부르면 무조건 안 된다고해. 알았어?"

엄마가 말했다.

거기서부터 분명 무언가 어긋나고 있다고 느꼈으나 다른 방법이 없었다. 엄마의 표정이 무서워서 나도 모르게 고개를 끄덕였다.

저녁 밥상의 화제는 은희의 아버지였다. 엄마는 '짐승 같은 놈이다', '사람 새끼도 아니다'라고 은희 아버지를 욕했고 은희에게는 '불쌍한 것'이라고 말하면서도 내게는 은희의 집 근처에 절대 얼씬도 해서는 안 된다고 몇 번을 강조했다. 아버지는 별말 없이 눈을 감고 상추쌈을 입에 넣었다. 형광등 불빛이 아버지의 얼굴 위로 쏟아졌다. 아버지가 눈을 비빌 때마다 얼굴에서 하얀 가루들이 떨어졌다.

밥상을 물릴 때 즈음 아버지는 말했다.

"남의 집 일에 참견하는 거 아니다."

엄마가 팔을 뻗어 나를 끌어안았다. 남의 집 새끼에게는 관심 없다, 내 새끼만 안 다치면 된다는 엄마의 말에 울음을 터뜨렸다. 아무것도 하지 않는데 자꾸 가루가 되는 아버지가, 짐승 같은 엄마의 사랑이, 가동 101호에서 살아야 하는 은희가 서러워서 울었다. 세상에서 가장 연약하고 세상에서 가장 안전한 그 품 안에서 불 꺼진 은희의 방을 생각하지 않을 수가 없었다.

은희는 무엇을 하고 있을까.

그날 밤 우리 세 가족은 거실에 나란히 누웠다. 바람에 창문이 흔들릴 때마다 엄마는 내 등을 토닥거려 주었고, 언제나 그렇듯이 엄마의 손길에 까무룩 잠이 들었다.

꿈을 꿨다. 다리 위에서 상행선 기차에 올라타는 은희를 보았다. 은희는 커다란 남자 구두를 신고 있었고, 은희의 머리카락은 하루만에 길게 자라나 바람에 출렁거렸다. 나는 은희를 부르지 않았다. 은희를 향해 뛰어 내려가지도 않았다. 어느 때보다 힘을 주어 단단히 난간을 붙잡고 서서 가장 먼 곳을 향해 달려가는 기차를 가만히 보고만 있었다.

악몽이었을까, 잠에서 깼을 때 이미 기차는 저기 먼 곳
으로 달아난 듯했다. 어둠 속에서 아버지와 엄마의 목소리
가 들렸다. 불행은 감기처럼 전염되기 쉬운 것이라고, 불행
의 근처에 자꾸 서성거리면 불행이 몸에 딱 달라붙어 따라
오는 것이라고, 그들은 말했다.

나는 은희네 집과 내 집 사이, 그 거리를 가늠해 보았다.
그러니까 불행의 근처라는 것은 어디까지를 말하는 것일
까? 내 방에서 은희의 방의 그림자가 이렇게 훤히 보이는
데, 얼마만큼 멀어져야 은희의 불행으로부터 안전한 거리
를 유지할 수 있을까?

"다 각자 사정이 있는 걸 어떻게 하겠어."

엄마가 말했다.

추락하는 모든 것들은 각자만의 사정과 사연이 있다고,
그런 것을 붙들어 내 것으로 만들면 함께 떨어지고 만다고.

차고 아프고 무서운 바닥으로.

은희의 손을 붙들고 있으면 나 역시 은희를 따라 떨어
지게 될까. 다리에서 손을 잡고 나란히 곤두박질하는 은희
와 내 모습을 상상했다.

어쩌면 국숫집에 이름이 새겨질지도 모를 일이다.

김은희, 이수연.

얼룩이 될까, 누군가는 그 얼룩을 비웃을까?

악몽을 꾸다 깬 것인지, 악몽이 이어지는 것인지 알 수

없었다. 그러나 내 등을 토닥거리는 엄마의 손길은 멈추지 않았고, 나는 악몽의 경계를 알지 못한 채 다시 눈을 감았다.

은희가 혼자서 저만치 멀어지고 있었다.

처음으로 경양식집에 간 날, 아버지는 새로 일하게 된 작업실의 작업복 점퍼를 입고 있었다. 반장들에게만 준다는, 노란색 한자(漢字)가 수 놓여 있던 남색 점퍼는 아무리 봐도 한여름에 입기는 더워 보였으나, 아버지는 돈가스를 먹는 내내 점퍼를 벗지 않았다. 새로 이사를 가게 될 도시에는 이런 경양식집이 많다고 했다. 아버지 이마에 땀방울이 송골송골 맺혔고, 엄마는 분홍색 손수건을 꺼내 아버지의 땀을 연신 닦아 주다가 정작 자신의 블라우스가 축축이 젖어 버린 것은 모르는 듯했다.

돌아오는 길, 다리 위에서 아버지는 내게 물었다.

"국수보다는 돈가스가 맛있지?"

나는 고개를 끄덕였다. 상행선 기차가 다리 밑을 지나갔다.

엄마가 눈물을 훔쳤다. 나는 엄마의 손을 있는 힘껏 꼭 쥐었다. 엄마는 지난 몇 년 동안 오늘만큼 행복한 적이 없었다고 말했다.

"수연아, 너는? 우리 수연이도 오늘 맛있는 거 먹어서 좋았지?"

엄마가 물었다.

나는 대답하지 않았다.

처음으로 경양식집에 갔던 날, 돈가스가 맛있었던 날, 은희의 생일날,

나는 좋았던가?

기억이 나지 않는다.

***

"야 살살."

신영이 아프다는 시늉을 했다. 영화를 보러 극장에 가는 길이었다. 빙판길이 미끄러워 진영의 팔을 붙잡았다. 넘어질까 봐 힘을 준 것은 사실이었으나 진영의 반응에 조금 무안했다.

'남자 손을 잡은 것 같다'는 진영의 말이 때때로 상처가 됐다. 얼마 전에는 왜 이렇게 손이 우악스럽냐고 묻길래 화를 내기도 했다. 우악스러운 삶을 살고 싶지 않았는데 우악스러운 손을 갖게 됐다.

다리 이야기를 시작한 것은 우악스러운 손에 대한 핑계와 동시에 내 안에 있는 작은 방 하나, 그곳에 무엇을 숨겨두었는지 그에게 보여주고 싶었기 때문이다. 어쩌면 숨겨둔 그것을 정말 보고 싶어 했던 사람은 나였는지도 모르겠

다. 너무 오래 불을 꺼 놓았던 컴컴한 그 방에 불을 켜고 싶었다. 그곳에 혼자 우두커니 남겨진 것은 무엇이었는지.

물론 진영이 처음은 아니다. 이전에도 다리 이야기를 들려주고 싶었던 사람들이 있었고 실제로 몇몇에게는 들려준 적도 있었다. 그러나 그들에게는 모두 그저 특징 없는 소도시의 다리였을 뿐, 그들은 콘크리트 다리를 건넜다는 나를 무심한 얼굴로 바라보며 '다 지난 일'이라고 말했다.

그럴까? 그것은 이미 다 지난 일일까? 그 시절의 흔적이 이렇게 내 손에 남아 버렸는데……

그 이야기가 진영에게 어떻게 전달되었는지 지금으로서는 알 수 없다. 동정을 얻고자 함도, 위로를 바라는 것도 아니었다. 그저 힘을 다해 잡은 내 손을 뿌리치지 않길 바라는 마음이었다면, 그 마음조차 간절함이 지나친 우악스러운 손과 다를 게 없는 것일까? 서툰 기대는 말아야 한다. 이해할 수 없을 것이다. 다리 위에서 맞았던 바람의 세기와 온도와 촉감을 설명해 줄 언어를 나는 갖고 있지 않으니까.

진영은 이야기를 다 듣고 난 후, 은희가 어떻게 됐는지, 혹시 불량 청소년으로 자랐는지 내게 물었고, 나는 그의 물음에 대답을 주지 못했다.

은희가 어떻게 자랐는지는 알지 못한다. 다시 겨울이 오기 전에 우리 가족은 그 도시를 떠났고, 그 후로 은희와 연락을 주고받은 적도 만난 적도 없다.

떠나기 전날, 마지막으로 놀이터에서 은희를 만났다.

은희는 내게 등을 지고 서서 내가 싫다고 말했다. 사실은 처음부터 내가 싫었는데 같은 반에 다리 건너 사는 애가 나밖에 없어서 같이 다닌 것이었다고, 귀찮았는데 혼자인 내가 불쌍해서 놀아 준 것이라고, 내가 난간을 잡고 느릿느릿 다리를 건너는 꼴이 병신 같아서 싫었다고.

나는 지기 싫어 울음을 꾹 참다가 은희의 어깨를 밀쳤다. 은희가 다시 내 어깨를, 나는 다시 은희의 머리통을, 은희가 내 뺨을, 결국 서로의 머리카락을 잡아당기며 바닥에 뒹굴었고, 싸움은 은희의 티셔츠가 찢겨 나가면서 끝이 났다. 은희의 찢어진 티셔츠 사이로 파란색, 검은색, 노란색 얼룩이 보였다. 곰팡이처럼 얼룩덜룩 핀 그것들을 본 순간, 나는 더이상 은희의 몸에 손을 댈 수 없었다.

은희는 너덜거리는 티셔츠를 움켜쥐고 나를 노려보며 영원히 나를 싫어할 것이라고 말했다.

나는 그제서야 울음을 터뜨렸다. 10초를 세는 은희의 목소리가 들렸다.

1초, 2초, 3초, 4초, 5초…… 10초

은희가 사라졌다.

이사를 간 후에도 한동안 은희를 생각하면 속이 울렁거렸고, 그럴 때면 10초를 셌다. 10초 후면 모든 것이 지나갈 것이라고, 은희도 그 도시도, 다리도.

1초, 2초, 3초, 4초…… 10초

은희는 내가 싫다고 말했다.

1초, 2초, 3초…… 5초

은희의 몸에 있던 얼룩들이 눈앞에 잔상처럼 아른거렸다.

1초, 2초……

은희를

1초

까맣게 잊었다.

은희라는 존재를 다시 떠올리게 된 것은 어린이집에 취직을 하고 난 이후였다. 아이들끼리 '집이 어디야?'라고 묻는 물음에, '나은이 짝꿍은 어디 살아요?'라고 묻는 학부모의 질문에 은희가 한 번씩 생각났다.

나를 오래 미워했을까?

은희를 떠올리면 다 늦게 마음이 쓰라릴 일은 없어도, 그 옛날 은희에게 등을 꼬집힌 자리가 따끔했다.

어쩌면 은희는 내가 볼 수 없는 나의 깊숙한 곳에 작은 얼룩 하나를 만들었는지도 모르겠다.

"나는 은희라는 애가 이제 우유를 좋아했으면 좋겠어."

극장에 도착했을 때 진영이 말했다.

나는 고개를 끄덕였다. 나 역시 은희가 그랬으면 좋겠다. 주정뱅이 아버지를 벗어나 그 아파트에서 가장 먼 곳에서 살고 있었으면, 깨끗한 잔에 담긴 희고 시원한 우유를 즐겨 마셨으면, 우유가 맛있었던 기억이 우유가 싫었던 기억을 이겼으면……

"그런데 너는 어쩌냐? 여전히 우유를 못 마시잖아."

"나는 유제품 알레르기가 있어서 그런 거니까 어쩔 수 없지."

"그럼 너는 우유를 안 마셔서 좋았던 기억을 만들어 봐. 예를 들어 사람들이 모인 자리에서 모두 카페라테를 마시고 나서 배탈이 났는데 너만 멀쩡한 거야. 이런 거 괜찮지 않냐?"

"안 웃겨."

"은희라는 애 다시 만나 보고 싶지 않아?"

진영의 말에 선뜻 대답이 나오지 않았다. 상영관 앞에 삼삼오오 모여 있는 사람들 중에 은희가 있다면 그 애를 알아볼 수 있을까 궁금해졌다. 하나도 변하지 않은 쪽과 모든 것이 변한 쪽, 은희는 둘 중 어느 쪽에 속해 있을까? 또 나는 어느 쪽일까?

"근데 너는 이 감독 영화가 왜 좋아?"

영화 포스터를 물끄러미 보던 진영이 물었다.

"그냥. 너는 이 영화를 왜 보자고 한 거야? 이 감독 영화는 우울할 것 같아서 싫다고 했으면서."

"갑자기 궁금해졌어. 영화 제목이 또 도시 이름인 것도 신기하고. 저번에 보다가 잠들었던 그 옛날 영화 제목이 뭐였지?"

"이리."

"그래. 이리. 이리가 어디에 있는 도시야? 모르겠네. 어 쨌든 내 취향은 어벤져스 쪽이기는 해. 야, 너 솔직히 좀 있어 보여서 이런 영화 좋아하는 거지?"

"이런 영화가 좀 있어 보여?"

"아니, 나는 분명하게 설명이 안 되는 것들이 그렇더라 고. 뭔가 더 있나 싶기도 하고."

"그냥 나한테는 이 감독의 영화가, 말하자면 눈을 감으 면 생기는 잔상들 있잖아. 그 얼룩처럼…… 그거 같아."

"그게 좋아?"

"좋은 건 모르겠고, 보이니까. 눈을 감았는데도 보이니 까 어쩔 수 없는 거지."

"복잡하네."

영화를 보고 극장을 나오자 눈이 내리기 시작했다.

"영화가 말이야, 알 것도 같고 모를 것도 같고 그래. 그 런데 나쁘지는 않네."

진영이 말했다.

나는 알 것도 같고 모를 것도 같은 것들이 떠다니는 밤 공기를 향해 손을 뻗었다. 참으로 가볍게 내리는 그것들이 어느새 우리들의 머리카락과 어깨를 적셨다.

"넌 뭐 알겠냐?"

진영이 물었다.

나는 그저 웃었다. 영화에 대해 아는 것 없는 무지렁이가 뭘 알겠는가, 국수 맛이면 몰라도.

"국수나 먹으러 가자."

진영이 말했다.

우리는 간판들을 하나씩 읽어 가며 국숫집을 찾아 거리를 걸었다. 점이 됐다가 꽃이 됐다가 글자가 되는, 반짝이는 모든 것들이 밤거리에 뿌려져 있었다.

고깃집, 곱창집, 호프집, 일식집, 화장품 가게.

저기 어딘가에 또 다른 다리가 있을까?

눈발이 가로로 날렸다. 속눈썹 위로 엉겨 붙은 눈이 조용히 하얀 잔상을 만든다.

역사, 중국집, 다방, 중고 가전제품 판매점, 구멍가게, 증권회사, 여인숙을 지나쳐 왼쪽으로 돌면 국숫집 그리고 육교.

아버지의 여름 양복바지, 오늘의 마지막 상행선,

김민교, 이창희,

은희,

어지러운 얼룩들이 번졌다.

대도시의 밤거리는 대로를 기준으로 한쪽에는 찬란한 불빛이, 다른 한쪽에는 노란 리본이 걸린 천막이 조용히 바람에 휘날리고 있었다.

"네가 살았다는 도시에 아직 그 다리가 있을까?"

진영이 물었다.

"다리가 하루아침에 없어지는 것도 아니고, 당연히 있겠지."

내 대답에 진영이 손을 내밀었다.

그는 우리가 지금 걷고 있는 이 길도 어쩌면 무언가를 가르는 다리였을지도 모른다고, 아니 다리인지도 모르겠다고, 그러니 자신의 손을 꼭 붙들라고 농담처럼 말했다.

나는 진영의 손을 힘껏 잡았다.

조금은 우악스럽게, 또는 절실하게.

다시 놓지 않을 것처럼.

다시는 누구의 손도 놓지 않을 것처럼.

어느 소도시의 다리 이야기는 이렇게 끝이 난다.

우리는 겨울밤, 난간이 아닌 서로의 손을 잡고 미끄러지는 걸음을 부축하며 다리였는지도 모를, 다리인지도 모를 그 길을 함께 걸었다.

Pour ne pas tomber dans la mer

바다에 빠지지 않도록

7월의 아침이다. 뉴스에서는 곧 태풍이 올 것이라고 했지만 항구는 잠잠했다. 카페에서 커피를 마시고 상이 선 시내로 향했다. 세드릭을 만나기로 했다. 3년 만이다.

어젯밤 실비와 통화를 했을 때, 세드릭이 브르타뉴로 떠나고 싶어 하지 않아 했다는 이야기를 들었다. 아내와 아들을 두고 두 달이나 외지에 나가 있는 게 좋을 리 없겠지, 라고 말했지만 실비는 그렇다고 해도 이상하다 싶을 정도로 지나치게 신경질을 부렸다고 했다. '꼭 울 것 같았다니까'라는 실비의 말에 '웃기는 녀석'이라고 넘겼지만 왠지 모르게 신경이 쓰인다.

할머니가 살아 계셨을 때는 여름마다 이곳, 브르타뉴의 항구 도시, 팽폴에 왔다. 어릴 때는 지중해가 아닌 이곳에서 여름휴가를 보내는 게 불만이었지만, 이제는 브르타뉴

특유의 고즈넉한 분위기가 좋다. 손주들의 손을 잡고 해변을 걷는 노부부, 아일랜드에서 온 배들, 아침까지 취해 있는 선원들과 퇴직한 어부들, 버터를 듬뿍 넣은 크레프 냄새가 진동하는 거리를 만날 수 있는 곳.

19살 여름, 이곳에서 세드릭을 다시 만났다. 어릴 때부터 함께 자랐지만 고등학교 때 이사를 하면서 연락이 끊어진 이후로 처음이었다. 세드릭은 아버지를 따라 트램펄린 장사를 위해 이곳에 왔고, 나는 대학에 들어간 이후 첫 여름 방학을 할머니 댁에서 보내는 중이었다. 만나던 여자애에게 차였다는 핑계로 저녁마다 부둣가에 앉아 세드릭과 술을 마셨다. 그때 나는 술이 지독하게 약해서 데스페라도스 두 병이면 이미 혀가 꼬였고, 세드릭은 보드카와 이온 음료를 섞은 TGV(고속열차) 칵테일을 마셨다. 그러니까 그 항구에서 우리의 유일한 목적은 빨리 한 방에 가는 것이었다. 나는 주로 성공했고 세드릭은 번번이 실패했다. 사실은 늘 먼저 취하는 쪽이 나였기 때문에 녀석이 얼마만큼 취했는지 알 수 없었다.

세드릭의 아버지가 퇴직을 하시면서 세드릭이 트램펄린 장사를 물려받았다. 우리는 여름이 되면 약속이나 한 듯 이곳에서 만났다. 그러니까 나의 이십 대의 여름을 요약하자면 브르타뉴의 이 항구도시와 세드릭, 그것이 전부였다. 다시 말하면 바다와 술이라고도 할 수 있겠지만.

리사와 동거를 시작하면서 한동안 브르타뉴에 오지 못

했다. 여름 휴가는 대부분 지중해에서 보냈고 할머니가 돌아가시면서 더욱 발길이 멀어졌다. 리사는 니스 출신으로 바다라고는 지중해밖에 몰랐다. 그녀는 어릴 적부터 바다를 그릴 때 파란색 물감을 써 본 적이 없다고 했다. 에메랄드색 바다에 고기잡이 배가 아닌 요트가 떠 있는 곳, 장화를 신은 어부가 아닌 비키니 차림의 여자들이 태닝을 하는 곳, 리사에게 바다는 그런 곳이었다. 바다의 색깔 따위는 내게 중요하지 않았으니 지중해이든 브르타뉴의 영국 해협이든 상관없었지만, 다만 그 작은 항구의 비릿한 냄새는 그리웠다. 짠맛이 나는 버터와 크레프 그리고 데스페라도스도. 내가 지중해에서 애인과 칵테일을 마시는 동안에 세드릭은 해마다 이 항구 도시에서 여름을 보냈을 것이다. 트램펄린을 타는 아이들과 함께, 구름 한 점 없는 파란 하늘 아래에서 전날 마신 술이 깨지 않아 괴로워하며.

작년 여름, 나는 지중해에 완전히 질려 버렸다. 리사의 댄스 동호회의 공연이 해변에서 있었고, 공연이 끝난 후에도 여기저기서 쿵쿵 울려 대는 음악에 갈매기 울음소리는 고사하고 파도 소리조차 온전히 들을 수 없었다. 그날 이후 블루투스 스피커를 만든 놈을 저주하게 됐다. 한밤중에 해변에서 열린 디제잉 파티도, 어쩐지 재수 없었던 리사의 댄스 파트너 얀도, 모히토나 스프리츠 같은 칵테일도 모두 꼴사나웠다. 나는 데스페라도스의 그 구역질 나는 맛을 그리워하게 됐다. 올여름은 브르타뉴의 거친 바다를 만나러 가겠다고 말했을 때, 리사의 표정은 압권이었다. 그녀는 미간을 살짝 찌푸리며 내가 이해되지 않는다는 듯이, 아니 차라리 내가 불쌍하다는 듯이 말했다.

"여름에 지중해에 가지 않으면 도대체 언제 갈 생각이야? 자기 혼자 가. 엄마가 몸이 안 좋으셔. 나는 일단 니스로 가야겠어."

놀라울 것도 없었다. 호텔은 이미 싱글룸으로 예약했다. 그저 조용한 여름을 보내고 싶었다. 하늘에는 별이, 항구에는 작은 배들이 불을 밝히는 곳이면 충분했다. 술 취한 선원들의 노래가 들리고, 나의 알코올 중독자 친구가 있는 곳이라면. 비록 이십 대의 우리는 사라졌다 할지라도……

시내는 해산물, 치즈, 수공예 액세서리, 신비한 효과를 내는 소금, 선원 제복과 모자 등을 파는 상인들과 구경을 나온 사람들로 붐볐다. 오전 10시부터 버터를 녹이는 냄새가 거리에 진동했다. 노천카페에서 크레프를 먹는 사람들의 입술이 번들거렸다. 이제 막 오늘의 첫 술잔을 든 사내들도 있었다. 3년이 지났지만 하나도 변하지 않았다. 세드릭은 광장을 지나 상점들이 들어선 길의 끝, 교회를 등진 공터에서 장과 함께 트램펄린을 설치하고 있었다. 벌써 대여섯 명의 아이들이 줄을 섰다. 15분에 5유로라고 써 붙인 종이가 바람에 너풀거렸다. 3년 사이에 1.5유로나 올리다니!

"어이!"

재잘거리던 아이들이 눈을 동그랗게 뜨고 나를 바라봤다. 부모들은 혹시나 아침부터 술에 취한 남자가 행패를 부리는 것이 아닌가 의심의 눈초리로 나를 살폈고 재빨리 아이들을 품에 안았다. 세드릭이 뒤를 돌아봤다. 제일 먼저 눈에 띈 것은 얼핏 봐도 10kg 정도 불어난 듯한 그의 체중과 시퍼렇게 멍든 눈두덩이 그리고 군데군데 찢긴 셔츠였다.

"여기서 뭐 하는 거야?"

세드릭이 나를 보며 웃었다. 사실 얼굴이 너무 부어 있어서 웃는 것인지 인상을 찌푸린 것인지 헷갈렸다.

"휴가 온 기지. 너는 꼴이 왜 그래?"

"나도 몰라."

세드릭이 다시 실실 웃었다. 이번에는 웃는 게 분명했다. 입꼬리가 실룩거렸고, 쥐어 터져 부은 얼굴에 광대가 솟아올랐다. 녀석의 얼굴을 보며 나도 모르게 인상을 찌푸렸다.

"어제 집에 돌아가는 길에 어떤 놈들한테 당했대."

세드릭을 대신해 장이 대답했다.

"안녕, 장."

장은 퇴직한 선원이다. 그는 배를 타지 않게 된 이후로 아무 일도 하지 않고, 그저 일 년 내내 세드릭이 이곳에 오는 7월을 기다리며 산다. 아무도 시키지 않아도, 심지어 보수가 없어도, 장은 세드릭을 도와 트램펄린을 설치하고 하루 종일 세드릭 주위를 맴돌며 물이나 담배, 먹을 것을 사오는 심부름을 자처한다.

3년 사이에 장은 치아를 몇 개 잃었다. 발음이 많이 샜고 몸은 예전보다 훨씬 야위었다.

"어떤 놈들이 그런 거야? 왜 그런 건데?"

세드릭의 뒤통수에 대고 소리를 질렀지만 대답은 없었다. 녀석은 트램펄린을 묶어 두었던 줄을 풀기에 바빴다.

"담배를 뺏으려고 그랬나 봐."

이번에도 장이 대답했다.

"아니, 담배 때문에 사람을 저렇게 만들었다고?"

"조용한 이 도시도 여름만 되면 지랄이야. 새벽 한 시 넘으면 약에 취한 놈들이 널뛰고 다닌다니까. 그 정도 사건 사고는 아무것도 아니지."

장은 아이들이 듣지 못하게 낮은 목소리로 속삭였다. 부모님의 손을 잡고 줄을 선 아이들의 얼굴 위로 7월의 햇살이 쏟아졌다. 아이들에게서 베이비용 선크림과 여름의 청량한 바람의 냄새가 동시에 났다.

세드릭은 아이들을 능숙하게 다뤘다. 아이들의 이름을 친구처럼 부르며 허벅지와 허리에 안전띠를 묶어 줬다. 이것만 착용하면 아무리 높이 뛰어도 안전하다는 세드릭의 말에 부모들은 대체로 안심하는 눈치였지만, 녀석이 어쩔 수 없이 10살이 넘은 여자애의 허벅지를 만져야 할 때는 다소 불편한 기색도 보였다. 세드릭은 가벼운 농담을 하며 아이들의 점프를 유도했다. 무섭다고 주저앉은 아이가 있으면 세드릭이 먼저 점프를 시작했다. 세드릭이 가볍게 뛰어오르면 아이는 그 반동으로 하늘 높이 솟아올랐다. 비명은 순식간에 까르르 웃음소리로 바뀌었고 부모들은 사진을 찍기에 바빴다. 세 살 아래로는 탈 수 없다는 말에 우는 아이도 있었다. 다리가 짧아서 뒤뚱거리는 애들이 발을 구르며 징징거렸다. 너무 높이 뛰는 아이들을 보고 있으면 현기증이 났다. 아이들이 다시 내려오지 못하면, 그대로 구름 따라 둥둥 떠내려가면 어떻게 될까, 무심코 그런 상상들을 했다. 만약 그런 일이 생긴다면 멱살을 잡고 난동을 피우는 부모에게 세드릭은 특유의 무심힌 얼굴로 이깨롤 들썩이며 말할 것이다.

'아휴, 인생이 그런 걸 어떻게 하겠습니까?'

그러다가 나머지 한쪽 눈에도 시퍼런 훈장을 달겠지.

"이름이 뭐라고 했지? 소피아? 좋아. 더 높게 뛰는 거야. 저기 구름 보이지? 저기에 머리를 콩 찧고 오는 거라고. 자! 준비됐지?"

아이들을 마주하는 세드릭의 얼굴이 낯설다. 장사치의 거짓 상냥함이 아니라 정말 즐기고 있는 것처럼 보였다. 어쩌면 내가 아는 그의 얼굴은 세월이 씌운 가면이고, 저것이 진짜 그의 얼굴일지도 모른다는 생각을 했다. 내 기억 어딘가에 저렇게 즐거운 표정으로 웃고 있는 세드릭이 분명 있을 것이다. 나도 잊고, 녀석도 잊어버린, 가면을 쓰기 전의 얼굴. 분명 그 얼굴을 알고 있었던 것 같은데……

아이들은 세드릭의 시퍼런 눈두덩이를 보며 놀렸다. 세드릭은 부모들을 의식했는지 넘어진 것이라고 둘러댔지만 아무도, 심지어 아이들조차도 믿지 않았다. 실비가 알았다면 펑펑 울었을 것이다. 무슨 짓을 하고 다니는지 모르겠다. 얻어터져 부은 얼굴을 하고 아이들을 웃기려고 트램펄린에서 넘어지는 세드릭을 보며 목이 탔다.

아침부터 목이 타는 풍경이다.

나는 트램펄린에서 조금 떨어진 곳의 벤치에 앉아 담배를 꺼냈다. 올여름에는 이 지긋한 흡연에서 벗어나리라 결심했지만 아침에 눈을 떠서 벌써 네 대째다. 이번에도 끊지 못하면 헤어지겠다는 리사의 말은 진심일 것이다. 그 여자는 조만간 담배를 못 끊었다는 핑계로 나를 떠나겠지. 다른 남자가 생긴 게 확실하다. 어머니가 아프다는 말은, 나와 이곳에 오기 싫어서 적당히 둘러댄 핑계일 것이다. 그렇게 생각하면 굳이 애써서 담배를 끊을 것도 없다. 어차피 어긋날 사이라면.

"나도 담배 한 대만 줘."

세드릭에게서 하룻밤 묵힌 술 냄새가 났다.

"어쩌다 그런 거야?"

"몰라. 새벽 세 시 즈음이었나, 어떤 놈팡이들 셋이 나타나서 담배를 달라고 하잖아. 없다고 하니까 갑자기 주먹이 날아왔어."

"너는 도대체 새벽 세 시에 뭘 하고 다녔는데?"

"그냥 돌아다닌 거야. 잠이 안 와서."

"그냥 돌아다녔다고? 새벽 세 시에?"

"그래. 그만해. 네가 내 마누라도 아니고. 실비처럼 묻지 말라고."

"담배만 뺏긴 거야?"

"핸드폰도."

"그럼 실비는? 실비는 알아?"

"아직 연락 못 했지. 그래서 말인데 실비에게 전화 좀 해 줘. 번호가 생각이 안 나."

"세드릭, 너는 진짜……"

세드릭은 스무 살 여름처럼 웃었다. 그때는 대마초를 피우다가 아버지에게 걸려 맞았었나? 귀에서 이상한 소리가 난다고 나를 겁줬던 일이 생각난다. 가까이에서 보니 맞은 곳이 눈두덩이만은 아니었다. 이곳에 오고 싶지 않아 했다고, 꼭 울 것만 같았다는 실비의 말을 떠올렸다. 이런 일들을 예감했던 걸까.

세드릭에게 전화를 쥐어 주고 담배 한 대를 더 피웠다. 남들은 추운 날 피는 담배가 제맛이라지만 나는 여름의 아침에 피우는 담배 맛을 좋아한다. 세상 별로 중요한 것 없어지는 기분 좋은 한가로운 맛이다. 따뜻한 햇볕과 기분 좋은 바람, 늘어지는 몸, 그리고 담배 한 대.

"바꿔 달래."

세드릭이 전화기를 넘겼다. 수화기 너머 실비의 호흡은 불안정했지만 침착하기 위해 애쓰는 듯했다. 실비는 세드릭이 얼마나 다쳤는지, 별거인 일을 별거 아닌 일로 대충 얼버무리는 것이 아닌지 내게 확인하려 들었다. 나는 최대한 거짓을 뺀, 그러나 순화시킨 사실들을 전달했다. 조금 멍이 들긴 했지만 크게 다친 것 같지는 않아, 아주 조금이야. 아니야, 오늘은 정말 말끔해 보이는 걸, 아침에 샤워도 했을 거야. 술? 글쎄, 나는 에프터 쉐이브 냄새인 줄 알았는데…… 담배와 핸드폰만 뺏겼으니 다행이지 뭐. 안 그래? 그래, 새로 산 아이폰이라는 건 조금 안타깝다. 그래도 크게 안 다쳤으면 된 거야, 라고.

"저녁에 뭐 해?"

세드릭이 물었다.

"별로 할 거 없어."

"한잔하자."

"그래."

세드릭은 다시 트램펄린 위에 올랐다. 녀석이 뛰면 아이들이 하늘 높이 솟아올랐고 웃음소리가 거리에 울려 퍼졌다. 세드릭은 행복해 보이기까지 했다. 태풍만 비켜 간다면, 비가 자주 오지 않는다면 여름 동안 꽤 괜찮은 벌이가 될 것 같았다.

장에게 인사를 하고 천천히 걸어서 호텔로 돌아오는 길

에, 거리에서 빨간색 긴 치마에 하얀 블라우스를 입은 여가
수의 노래를 들었다. 아일랜드 전통 악기를 연주하던 여자
는 자신이 부를 노래가 선원들이 항해를 할 때 불렀던 노래
라고 소개했다. 슬픈 노래일까 싶었는데 생각보다 밝았다.
멜로디는 발랄했고 가사는 심플했고 박자가 늘어지지도
않았다. 그저 먼 곳에 있는 것을 부르듯 '수국이여, 수국이
여'라고 외치는 모습이 조금 안타까웠을 뿐. 아무리 고개를
뒤로 젖히고 불러도 수국은 대답하지 않을 것만 같아서 발
걸음이 조금 무거워졌을 뿐.

　　할머니는 내가 묶고 있는 호텔의 맞은 편에 잠들어 계
신다. 수국이 만발한 공동묘지다. 여름에는 꽃을 사 들고
오는 것이 의미 없을 정도로 묘 주변에 수국들이 활짝 폈
다. 예쁜 것을 좋아하셨던 분이라 예쁜 곳에 잠드신 게 아
닐까. 내가 죽으면 어떤 곳에 묻히게 될까? 꽃이 만발한 묘
지는 아닐 것이다. 파리는 땅값이 비싸니 근교의 공동묘지
가 아닐까, 도시의 중심가에서 밀려난 소외된 사람들이 마
약을 하며 시끄러운 음악을 듣는 그런 곳. 나는 무덤에서도
화를 낼지 모르겠다. 제발 조용히 좀 하라고. 이런 생각은
그만하는 게 좋겠다. 할머니는 묘지에서 죽음을 생각하는
것이 아니라고, 삶을 생각해야 한다고 말씀하셨다. 산 자와
망자의 분명한 경계를 지키고 서 있으라고. 할머니의 걱정
과는 다르게 망자들의 기운을 단번에 제압하는 햇살이 쏟

아졌다. 죽음은 땅 아래에, 땅 위에는 생명이 각자의 자리를 충실히 지켰다. 사방은 고요하고, 묘지를 방문하는 사람들의 걸음은 침착하며, 바람이 옷자락을 기분 좋게 흔들었다. 수국으로 둘러싸인 할머니의 무덤 앞에서 잠시 눈을 감았다. 할머니에게 뭔가 말을 하고 싶은데 입이 떨어지지 않았다. 그러고 보면 스무 살 이후로 할머니와 대화 같은 것을 제대로 해 본 적이 없는 듯하다. 그저 '먹어라', '안 먹어요', '먹어', '나중에요'가 전부였던 것 같은데. 한참을 그러고 있다가 '점심은 나중에 먹을게요, 안녕히 계세요'라고 말해 버렸다. 내가 어떤 놈인지 잘 모르는 할머니의 염려는 딱 그거 하나일 듯하여. 생각해 보면 내 식사를 걱정해 주는 유일한 사람이었다(우리 엄마는 그런 걱정을 해 본 적이 단 한 번도 없다. 리사는 말할 것도 없고). 묘지를 한 바퀴 돌았다. 한쪽 벽면에 많은 사람들의 이름이 새겨져 있었다. 바다에 나가 돌아오지 못한 이들은 그렇게 봉분 대신에 벽 한 칸을 나눠 가졌다. 성이 똑같은, 한 가족으로 추측되는 사람들의 이름 옆에는 나이가 적혀 있었다. 14살, 15살, 19살. 이곳 어딘가에 선원이 된 형제들을 한꺼번에 잃은 부모의 묘지가 있을지도 모른다. 그들의 무덤은 누가 돌볼까? 아일랜드까지 뱃길이 험하다고 들었다. 돌아오지 못한 사람도, 돌아오지 않는 것을 알면서도 오래 기다리던 사람도 많았다고 했다. 할머니도 바다에 나간 할아버지를 오래 기다렸다. 마당에 수국을 심고, 수국이 피고 지는 것을 보면서. 할머니는 수국이 기다림 때문에 피는 것이라고 하셨다. 왜 하필 수국이냐고 물었을 때는 대답을 못하고 우물쭈물하셨지만, 수국을 심고 기다렸다는 사실만은 분명하다. 나는 무언가를 그렇게 오래, 간절히 기다려 본 적이 없다. 만남이 어렵지 않은 시대를 살고 있는 것은 축복일까? 수국이 덜 피겠지…… 그러고 보니 우리 집 마당에는 수국이 없다.

50대쯤으로 보이는 여자가 내 옆에 섰다. 여자는 벽에 새겨진 이름들을 찬찬히 보다가 묵념을 했다. 누구의 죽음을 기리는 걸까, 수국을 심었을까? 수국이 피고 지던 할머니의 집에는 이제 어느 노부부가 살고 있다고 들었다. 할머니의 집을 찾아가지는 않겠다. 수국이 펴도, 수국이 져도 마음이 아플 것 같다. 이제 기다리는 사람도 돌아올 사람도 없으니.

성묘를 마치고 호텔 식당에서 간단히 점심을 해결했다. 부부가 운영하는 작은 호텔로 객실은 8개뿐이다. 침대, 작은 책상, 샤워실이 있는 욕실과 하늘색 커튼, 커튼을 열면 창문으로 묘지가 보인다. 방의 위치에 따라 호텔의 뒷마당이 보이는 곳도 있다. 묘지나 뒷마당이나 수국이 활짝 핀 것은 마찬가지다. 여름에는 레스토랑 실내보다 뒷마당의 야외 테이블에서 식사를 하는 사람이 더 많다. 빨간색, 노란색, 파란색 철제 테이블 위에 분홍색, 보라색, 흰색 수국이 한 다발씩 꽂혀 있다. 구석구석 정성이 느껴진다. 숙

박 업소가 아니라 부부가 사는 집에 손님으로 초대를 받아 대접을 받는 기분이다. 전체적으로 말끔하고 소박하다. 레스토랑도 마찬가지다. 메인 메뉴는 세 개, 해산물 요리, 크레프 요리, 샐러드가 전부다. 어제는 도착해서 샐러드를 먹었고 오늘 점심은 크레프를 시켰다. 이 도시에서 크레프가 맛없는 집은 없다. 밀가루가 아닌 메밀가루로 반죽을 해서 빵이 약간 검고, 쫀득쫀득한 맛은 덜하지만 식감이 가볍다. 어릴 때 즐겨 먹던 소시지 크레프를 주문했다. 크레프 빵 속에 소시지를 넣은 단순한 요리로 요즘은 식당에서 찾아보기 힘들다. 안주인은 소시지 크레프는 브르타뉴 사람들이나 아는 음식인데, 라고 내게 말을 건넸다. 어디에서 왔느냐는 물음에 어릴 때 할머니가 만들어 주신 음식이라고만 대답했다. 여주인은 '프루스트의 마들렌이군요'라고 말하며 활짝 웃었다. 그 말을 들으니 정말 할머니가 보고 싶어졌다. 할머니에 대한 기억은 성인이 된 이후보다 어릴 적 추억들이 더 선명하다. 내가 7, 8살 때, 아침에 침대에 누워 만화 영화를 보고 있으면 할머니가 아침 식사를 쟁반에 담아 오셨다. 온기가 남은 빵과 버터, 초콜릿 가루를 섞은 우유, 그것은 진짜 방학의 신호탄이었다. 티브이를 보며 밥을 먹는 것은 무조건 금지였지만 할머니 집에서는 가능했다. 그러니까 톰과 제리를 보며 아침을 먹는 행복을 내게 허락해 줄 수 있었던 사람은 오직 할머니뿐이었다. 오후가 되면 할머니와 해변에 나갔다. 소시지가 들어간 크레프를 들고 모래사장을 뛰거나 바위 뒤에 숨은 작은 꽃게를 잡으며 놀았다. 한번은 손에 움켜쥔 꽃게의 맛이 궁금하여 입에 넣고 씹었다가, 그 딱딱하고 쓴맛에 놀라 울어 버렸다. 꽃무늬 수영복을 입은 할머니가 내게 달려오던 모습이 눈에 선하다. 처진 가슴과 깡마른 다리, 늘어진 겨드랑이, 할머니는 그 연약한 몸으로 나를 안고 달콤한 주스로 입을 헹구게 하셨다. 나는 울었고 할머니는 웃었던 기억이다. 돌아가실 때는 복부에 물이 차서 지켜보는 것만으로도 옆구리가 아팠다. 슬펐던 것은 죽음 그 자체가 아니라 죽어 가는 과정이었다. 팔에 꽂은 링거 바늘과 색깔 없는 환자복, 약 냄새가 나는 병실, 그리고 삐삐거리는 기계음 같은 것들, 거기에 붙들려 있던 것은 생이 아니라 죽음이었다. 할머니의 껍데기를 쓴 죽음이 침대에 누워서 눈을 감고 있었다. 곧 호흡기를 떼는 것도 모르고, 사라지는 것도 모르고, 아무것도 모르고. 할머니를 생각하니 코끝이 찡해졌다. 참아야 한다. 다 큰 성인 남자가 우는 것도 꼴사납지만 소시지 크레프를 먹다가 우는 것은 심지어 우습기까지 하니까.

식사를 마치고 리사에게 전화를 걸었다. 전화기가 꺼져 있다. 그럼 이제 담배를 피워야지. 여섯 대인가? 아직 개수를 셀 수 있으니 괜찮다. 휴가를 마치고 돌아가면 이사를 해야 할지도 모른다. 내가 그 아파트 보증금을 얼마나 냈더라…… 역시 동거는 하지 않는 편이 좋았을까, 이별이 순식간에 돈과 서류 싸움이 될 수도 있는데. 그러나 어찌 됐든

손해 볼 생각은 없다. 해변까지 걸어가는 길에 수많은 가능성에 대해 생각했다. 누굴까? 역시 댄스 동호회의 얀일까? 그것도 아니면 정말 엄마 옆에서 살겠다는 것인가? 매일 지중해를 보면서? 이사하기는 귀찮지만 지금 살고 있는 집에서 혼자 살 수는 없다. 집세를 감당할 수 없을 것이다. 둘이 절반씩 부담한 가구들은 어떻게 나눠야 하나. 갑자기 모든 것을 망친 듯한 기분이다. 가장 안전한 것들을 잃어버린 듯한. 브르타뉴에는 오지 않는 게 좋았을까……

한참을 걸어 해변에 도착했다. 바다는 그대로다. 할머니가 살아 계셨을 때, 할머니가 돌아가셨던 3년 전처럼, 브르타뉴의 바다는 여전히 투박하고 사납다. 절대 길들여지지 않는 푸른 물이 눈앞에서 넘실거렸다. 밀물이다. 옷을 벗고 바다에 뛰어들었다. 소름 끼치게 차가운 물이, 키가 큰 파도가 나를 덮쳤다. 시원했다. 꼬리에 꼬리를 무는 생각들을 단번에 잘라낼 만큼. 아직은 아무것도 잃지 않았다고 믿고 싶었다.

저녁 7시, 태양은 한낮 같았으나 트램펄린 영업시간은 끝났다. 엄마의 손을 잡고 늦게 도착한 아이들은 울먹이며 돌아갔다. 내일 다시 오자는 엄마의 말을 믿지 않는 눈치다. 리사에게 문자가 왔다. '지금은 바쁘니까 나중에 다시 걸게'라고 했다. 바쁘다는 것도, 나중에 다시 건다는 말도 믿지 않는다.

장과 세드릭을 도와 트램펄린 기구를 정리했다. 세드릭이 트램펄린의 다리를 쇠사슬로 감는 동안에 장과 나는 커다란 천으로 그것을 덮었다. 이렇게 무거운 것을 누가 훔쳐간다고 이러느냐고 투덜댔지만 점핑망을 칼로 찢는 사람들이 있다고 했다. 장은 그런 사람들을 두고 '화가 난 사람들'이라는 표현을 썼다.

'화가 난다'는 17년 전에 세드릭과 내가 즐겨 썼던 말이다. 그때 누군가 우리에게 무엇에 그렇게 화가 나 있는 것이냐고 물었다면 '그냥 다'라고 대답했을 것이다. 여자한테 차인 것도, 돈이 없는 것도, 티브이를 틀면 나오는 정치인들도 모두 우리의 화를 돋웠다. 그리고 불특정 다수를 향한 분노는 술을 마시기에 좋은 핑곗거리가 됐다. 늘 나보다 조금 더 많이 화가 나 있던 세드릭은 술에서 그치지 않았다.

한밤중에 세드릭이 할머니 집에 찾아온 적이 있다. 새벽 4시 즈음이었을까, 초인종이 몇 번이나 울려서 경찰에 신고하겠다는 할머니를 진정시키고 문을 열었더니, 거기 세드릭이 서 있었다. 온몸을 사시나무처럼 떨며, 창백해진 얼굴로 길을 잃었다고 말했다. 테크노 파티에 갔다, 커다란 토끼를 봤다, 파란 불꽃이 나를 덮쳤다, 앞뒤 맞지 않는 이상한 말들을 끊임없이 지껄이던 녀석을 일단 집안으로 들여 식탁에 앉히고 따뜻한 커피를 내줬다. 세드릭이 손에 쥔 커피잔은 태풍을 만난 바다처럼 요동쳤다. 나는 있는 힘을 다해 녀석의 팔을 붙들었고, 발버둥 치던 세드릭은 결국 할머니가 아끼시던 커피잔을 깨고 말았다. 세드릭은 사람들이 자기를 버리고 갔다고 화를 내다가 곧 울 것 같은 표정으로 내게 물었다.

"이제 어떻게 하지?"

그날 세드릭은 할머니 집 소파에서 꼬박 스무 시간을 잤다. 녀석이 일어났을 때는 할머니는 이미 잠자리에 드신 후였고, 깨어나면 먹이라고 만들어 주셨던 감자수프는 차갑게 식어 있었다. 세드릭은 찬 수프를 들이마시며 아무것도 기억이 나지 않는다고 했다. 녀석에게 처음으로 화를 냈다. 다시 한번만 약에 취해서 찾아오면 죽여버리겠다고도 말했다. 세드릭은 아무 말도 하지 않았다. 그 이후로 나는 단 한 번도 그날의 일을 입에 올린 적이 없다. 내가 녀석의 바닥을 봤다는 사실만으로도 우리의 관계가 훼손될 수 있다고 생각했다. 녀석이 나를 불편하게 생각할까 봐, 대수롭지 않은 척, 다 잊어버린 척했다. 친구를 잃고 싶지 않았다. 세드릭을 잃는 것은 내 인생의 여름을 잃는 것이었으니까.

트램펄린 정리를 마치고 근처의 술집으로 갔다. 마권과 복권, 커피와 맥주를 파는 곳이다. 싸구려 위스키 냄새가 나는 사내들이 실내의 테이블을 모두 점령하는 바람에, 우리는 술집 앞의 골목, 플라스틱 의자에 앉아 세드릭과 나는 맥주를, 장은 오렌지주스를 주문했다. 장은 지난해에 췌장암 수술을 한 이후로 술을 끊었다고 했다. 6월 말에 병원에 들어갈 때는 금세 나올 수 있을 줄 알았는데, 퇴원했을 때는 이미 트램펄린의 여름 장사가 막이 내린 후였다고 했다.

"부두에 앉아 울었어. 항구를 어슬렁거리면서 또다시 일 년을 기다려야 하는 일이 까마득하게 느껴져서."

"뭘 울어, 웃기는 소리 좀 하지 마."

"이봐, 너도 네 친구를 기다렸잖아. 술 취해서 울었으면서."

"이상한 소리 좀 하지 말라고."

"너 울었어?"

발끈하는 세드릭을 보며 웃음이 터졌다.

"설마 그랬겠냐?"

"그래, 그럴 리가 없지."

"늙은이 노망 난 거야."

세드릭이 장을 노려보며 말했다.

"늙은이를 공경해 봐. 난 정말 죽을 뻔한 사람이라고."

장의 말은 진담 같은 농담인지, 농담 같은 진담인지 갈피를 잡기 어려웠다.

"장, 그런 우울한 이야기 말고 타이타닉 이야기나 해 봐."

세드릭은 장과 내가 맥주 한 잔과 오렌지 주스 한 잔을 반도 비우지 못하고 있는 사이에 맥주 두 잔을 해치웠다. 술집 주인은 따로 주문하지 않아도 큰 잔에 맥주를 가득 담아왔다. 물처럼, 음료수처럼 세드릭이 술을 마시는 모습은 자연스러웠다. 그래 봐야 맥주인데, 생각하며 담배를 물었다. 일곱 개인가? 여덟 개? 하루에 열 개 이상은 피우지 않겠다는 다짐은 이미 물 건너갔다. 벌써 개수가 헷갈린다.

"타이타닉은 왜?"

내 물음에 장과 세드릭이 웃었다.

"장이 타이타닉을 봤대."

세드릭이 말했다.

"타이타닉은 나도 봤어."

"아니, 진짜로. 진짜 타이타닉."

"어떻게?"

"연구원들이 타는 배를 탔거든."

"연구원이었어?"

"내가 무슨…… 배를 타기 전에 제빵사였는데 요리를 할 수 있는 선원을 찾길래 지원했지. 나중에 알고 보니 연구원들을 태운 배였어. 바다에서 뭘 조사한다나 뭐라나……"

"그래서 진짜 타이타닉을 봤다고?"

"직접 내려가서 봐도 된다고 했는데 무서워서 그건 못하겠더라. 그 사람들이 촬영해 온 것만 봤어."

"어땠어?"

"별 거 없어. 그냥 컴컴한 바닷속에 세 토막이 난 큰 배야. 너무 커서 더 처참하더군."

"타이타닉을 보면 뭘 해. 갔다 왔더니 마누라가 도망갔는데."

세드릭이 장을 놀리며 말했다.

"도망갔지. 잘 간 거야. 그 여자 인생을 생각하면 잘된 일이야."

장은 웃었지만 이번만큼은 농담이 아닌 게 확실했다.

"가끔 배 타던 시절이 그립지 않아?"

나는 바다가 있는 쪽을 향해 고개를 돌리는 장에게 물었고, 장은 가만히 고개를 저었다.

"너무 많이 탔잖아. 바다에서 세월 다 보냈는데…… 그냥 멀리서 보는 것만으로 족해."

"아, 나도 타이타닉 한번 보고 싶다."

세드릭이 말했다.

"진짜야. 멀리서 보는 것만으로 충분하다니까. 다시 돌아가고 싶지 않아. 아! 다시 돌아갈 수 있다면 술을 끊을 거야. 인생에서 딱 그거 하나가 후회스러워. 술을 일찍 끊을 걸."

"그렇게 더 살아서 뭐 하려고?"

세드릭의 말에 장이 목소리를 높였다.

"너도 그런 일을 당하면 생각이 확 바뀔걸? 얼마나 무서운 줄 알아? 타이타닉 같은 것은 아무것도 아니야. 남의 죽음이 뭐가 대단해. 내가 죽는 게 무서운 거지. 너 배가 가라앉은 곳에서 발견된 시체의 얼굴을 본 적 있어? 그 공포에 질린 얼굴을 봤다면 절대 그런 소리 못 해. 나는 싫어. 수

술실에 들어가는데 딱 그 기분이었다고. 바다에 빠져서 이제 가라앉는구나 하는 기분."

세드릭은 흥분한 듯한 장의 말에 이죽거렸다. 맥주잔이 그의 손에서 떨어지질 않았다. 몇 잔을 비웠는지 모르겠다. 셈은 진작에 포기했다. 녀석은 자꾸 웃다가 고개를 박고 한숨을 쉬다가 장에게 '다 개소리야' 소리치며 낄낄댔다.

"세드릭, 넌 너무 많이 마셔."

장의 목소리가 진지했다.

"그래. 올해는 정말 하루도 술을 안 마신 날이 없어. 어떻게 이렇게 됐는지 모르겠어. 일할 때는 일한다고 한잔하고 쉴 때는 쉰다고 한잔하고."

"기억력이 자꾸 떨어지고 있잖아. 사실대로 말해 봐. 어제 핸드폰을 뺏긴 게 아니지? 핸드폰은 진작에 다른 곳에 두고 온 거고, 그놈들 다른 걸 찾고 있었지?"

"그만해, 장."

세드릭이 소리쳤다.

"한심한 노인네가 지껄이는 헛소리라고 생각하겠지만, 너무 늦기 전에 끊어. 그게 술이든 그보다 더한 것이든. 지금은 어떤 말을 해도 들리지 않겠지만 분명 후회할 거야. 너무 큰 후회가 될 거라고."

"알아, 나도. 나도 잘 알고 있어."

두 사람의 대화를 들으며 남은 잔을 비웠다. 무슨 이야기를 하는지 다 알면서도 모르는 척했다. 알아서 살겠지,

각자의 인생 정도는. 다만 세 동강이 났다는 타이타닉을 생각했다. 그런 것을 보면 울어 버릴 것 같다고…… 우습다. 마주 앉은 불행에도 이렇게 담담한데 오래전 바닷속에 가라앉아 버린 비극이 뭐가 서럽다는 것인지.

"이제 항구에나 갈까?"

세드릭이 비틀거리며 자리에서 일어났다. 내가 계산을 하겠다고 말했지만 녀석은 재빠르게 주머니에서 5유로짜리 지폐와 동전들을 한 움큼 꺼내 주인의 손에 쥐어 주었다. 주인은 손에 쥔 돈을 눈대중으로만 훑어보더니 의아한 눈빛을 보내는 내게 말했다.

"셀 것도 없어요. 익숙해. 모자라면 술 깼을 때 달라고 하면 되고, 남으면 어차피 내일 또 마실 텐데 뭐."

항구로 가는 길 중간에서 장과 헤어졌다. '저기가 우리 집이야'라고 후미진 골목의 끄트머리를 가리키며 사라지는 장의 뒷모습에서 곧 소멸될 옛 선원의 기억을 읽었다. 타이타닉을 봤다던, 아내를 잃었다던, 췌장을 잘라 냈다던 67년의 기억. 그가 떠나고 나면 아무도 궁금해하지 않을 기억이 골목 끝으로 서서히 물러났다. 저기가 끝인가, 문득 그런 생각을 했다.

장을 다시 볼 수 있을까?

항구에 도착하자 해가 졌다. 바다와 하늘의 경계가 흐려진 곳에서 선박들은 희미한 불빛을 밝혔다. 그것들은 더

깊은 어둠으로, 알지 못하는 저편의 세계로 점점이 사라지는 중이었다. 파도가 칠 때마다 어쩌면 그곳에서는 생과 사의 경계가 무너져 뒤섞일지도 모른다고 생각했다. 바닷속 깊은 곳에 머물러 있던 죽음이 배를 덮치려 할 때면, 그들은 배 위에서 애타게 수국을 불렀을까? 기다리는 사람들의 이름을, 기다림이 피운 꽃들을.

세드릭과 나는 더 이상 불러도 오지 않을 스무 살을 위해 데스페라도스와 보드카 병을 높이 들어 올렸다. 스무 살의 노래들을 흥얼거렸고, 그때 만났던 여자아이의 별명을 기억하기 위해 애썼다. 타이타닉에서 디카프리오가 죽은 것을 보고 엉엉 울었던 여자애. 미용사가 됐을걸? 어떻게 알아? 페이스북에서 봤어. 제길 완전한 헤어짐이 없는 시대야…… 아무것도 기다리지 않는다고, 가만히 있어도 달려드는 것들이 너무 많다고 세드릭이 말했다. 부두의 찬 바닥에 벌러덩 누운 녀석이 검은 액체가 되어 검은 바다로 흘러가 버릴 것만 같았다.

"요즘도 그거 해?"

술김에 물었다.

"뭐?"

"알면서 뭘 물어."

"아니야. 안 해."

"믿을 것 같냐?"

"진짜야. 한동안 진짜 끊었다고."

"그런데?"

"딱 한 번이야. 여기 와서 딱 한 번. 이제 안 할 거야."

세드릭의 목소리가 떨렸다. '꼭 울 것만 같았다'라는 실비의 말을 떠올렸다. 나는 세드릭이 울고 있을지도 모른다는 생각에 일부러 녀석이 누운 쪽을 바라보지 않았다. 고개를 돌리고 더듬더듬 땅을 짚어 담배 한 대를 건넨 것이 전부였다. 이제 몇 개 남지 않았다.

"야, 나도 그거 한 번 태워 주면 안 되냐?"

"뭐?"

"트램펄린."

"술 먹고 타는 거 아니야, 인마."

"15분에 10유로 줄게."

"지랄한다, 안돼."

"아까 보니까 애들은 진짜 하늘에 닿겠더라. 내가 뛰어도 그렇게 높이 솟아오를까?"

"어른들은 그렇게 못 뛰어."

"왜?"

"무서워서. 고꾸라져 본 경험이 있는 사람들은 절대 그렇게 높이 못 뛰어."

"난 고꾸라진 적 없는데……"

"지금 나랑 술 마시고 고꾸라져 있잖아. 너는 왜 장이 다시는 배를 안 타겠다고 하는 것 같냐?"

"지겨워서?"

"땡! 무서워서."

"뭐가 무섭겠어. 평생 해 온 일인데."

"배가 뒤집힐 뻔했던 게 한 번이었겠냐? 이제 와서 생각하니 바다가 아찔하고 무서운 거야. 인생도 그렇고. 나는 이해해. 너는 무서운 거 없냐?"

세드릭이 물었다.

"잘 모르겠다. 다 무서운 것 같기도 하고 괜찮은 것 같기도 하고. 너는?"

"나도 모르겠다. 이미 다 망한 것 같아. 난 틀린 것 같다."

"뭐가?"

"그냥 다."

"술을 좀 줄이는 게 어떠냐?"

"너는 담배를 끊는 게 어떠냐?"

세드릭도 나도 한동안 아무 말도 하지 않았다. 부두에 누워 마지막 남은 담배를 나눠 피우고, 술을 조금 더 마시고 자리에서 일어나 '잘 가라' 인사를 나눴다. 아직 더 갈 데가 남았다는 세드릭은 컴컴한 골목에 유일하게 불을 켠, 간판이 없는 술집을 향해 걸음을 옮겼다. 나는 녀석이 어둠 속으로 한 발 한 발 걸어 들어가는 모습을 지켜보았다. 그 걸음이 멈칫하는 순간이 있었다. 나에게서 어떤 말을 기다린 것이 아니었을까. 끊었다는 말이 거짓말인 것을 안다고, 무엇을 하러 가는 것인지 알고 있다고, 이제 그만 그곳에서 헤엄쳐 나오라고, 내 목구멍에 걸려 있던 말들을 녀석은 어둠 속에 서서 간절히 기다리고 있지 않았을까. 호텔로 돌아가는 길에 그 멈춰선 걸음이 자꾸만 마음에 걸렸다. 각자의 인생은 각자의 것이라고 주문처럼 읊어 보아도, 거기 컴컴한 골목에 검게 선 세드릭의 모습이 아른거려 괜히 공동묘지를 한 바퀴 돌았다. 달과 별은 보이지 않았고, 사나워진 바람은 이미 태풍을 예고하고 있었다. 한밤중에 꽃잎을 떨구는 수국은 어떤 기다림을 지키고 있는지 모르겠다. 이제 곧 모조리 지고 말 텐데. 나는 할머니의 무덤에 기대앉아 조용히 읊조렸다.

땅 아래에는 망자가, 땅 위에는 산 자가, 각자의 인생은 각자가.

바다에서부터 불어오는 바람에는 누군가의 노래가 실려 있을까, 가만히 귀 기울이면 어떤 외침이 들리는 것도 같았다.

수국이여, 수국이여.

기다리던 이들이 여기 모두 잠들어 있는 것을 모르는 어느 선원의 노래인가.

수국이여, 수국이여.

이제 곧 져 버릴 꽃이 무슨 힘이 있다고.

나도 모르게 눈을 감고 그곳에 잠든 모든 망자들에게 빌었다.

돌아오기를

연약한 수국을 부르는 모든 이들이
어둠 속에서 걸음을 잠시 멈췄던 어떤 이가
요동치는 파도를 견뎌 내기를
바다에 빠지지 않기를.

여행에서 돌아와 한동안 리사를 보지 못했다. 한 달이 지났을까. 함께 구입했던 소파와 오디오를 처분하기 위해 잠깐 만난 것이 전부였다. 그녀는 나를 보자마자 댄스 동호회에서 만난 얀은 아니라고 했고, 나는 이제 그런 것은 궁금하지 않다고 말했다. 담배를 끊었냐는 물음에는 비록 삼일밖에 되지 않았지만 그렇다고 대답했다. 입안에서 박하사탕이 녹고 있었다.

오늘 실비와 통화를 했다. 술을 마시고 바다에 뛰어든 세드릭을 장이 간신히 살렸다고 했다. 실비가 울었다. 실비는 모든 것을 알고 있다고 했다. 나는 별거 아니라고, 잠깐의 실수일 뿐이라고, 세드릭은 다시 시작할 수 있을 거라고 말했다. 실비는 무서워했다. 세드릭의 인생이 아주 망가져서 자신과 아이의 인생까지 모두 망가뜨릴까 봐 두려워하고 있었다. 나는 그럴 리 없다고, 지나가는 파도라고, 파도는 잠잠해질 것이라고, 다시 바다에 빠지는 일은 없을 것이라고 실비를 달랬다.

그런데 정말 파도가 잠잠해질까?

잘 모르겠다.

박하사탕을 다섯 개째 오독오독 씹으며 브르타뉴의 거친 바다를 생각한다.

역시 너무 달다.

서랍 속에 숨겨 놓은 담배를 꺼낸다.

딱 한 대만,

진짜 마지막으로.

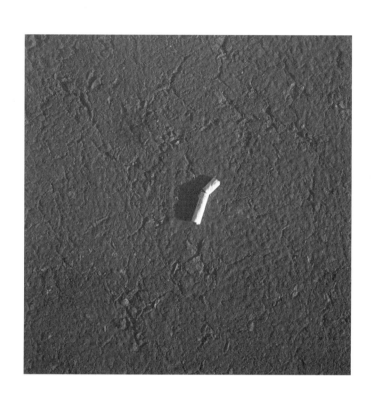

작가의 말

누군가 내 손에 있는 상처에 대해 물었다.

한참 전에 다친 것인데 아직도 남아 있다는 대답에 그가 말했다. 당신은 살성이 좋지 않은 사람인 것 같다고.

이제 더는 아프지 않은데, 이제 와서 보면 별일도 아니었던 것 같은데, 잘 아물어지지 않은 모양이다.

마지막 소설을 끝내면서 그의 말을 떠올렸다.

아무래도 살성이 좋지 않은 글을 쓴 것 같아서……

별일 아닌 것들을 별일 아닌 것으로 넘길 줄 아는, 귀찮아도 약을 잘 바르는, 새살이 잘 돋아나는 건강한 사람이었다면 다른 이야기들을 쓸 수 있었을까?

자책은 아니다. 조금 미안한 마음이 드는 것일 뿐.

외로운 세계에 그들을 남겨 둔 것 같아 소설 속 인물들의 이름이 아직 혀끝에 머물러 있다.

행복하게 만들어 줄 것을 그랬나, 하는 마음에.

그러나 내게는 그런 힘이 없음을 알고 있다. 내가 이야기를 선택한 것이 아니라, 이야기가 나를 선택한 것이라고 믿는다. 이렇게 살성이 나쁜 내게 온 이유가 있을 것이라고. 숱한 의심의 날 끝에 나는 그런 결론을 내리기로 했다.

이야기는 내게 와서 나를 거쳐 이렇게 끝이 나 버렸다. 그러나 그것은 나의 이야기일 뿐, 이야기는 또 다른 누군가를 만나 다시 시작될 것이다.

살성이 좋은 사람을 만나 잘 아물었으면 좋겠다.

그러나 혹여 나만큼 살성이 나쁜 사람을 만난다고 하더라도 걱정하지 않을 것이다. 이 다섯 개의 이야기들이 누군가의 마음에서 다시 시작될 수 있다면, 그리하여 다른 가능성을 품을 수 있다면 그것으로 감사할 일이다.

잘 아물지 못한 상처들을 내보이는 일이 이제 부끄럽지 않다. 나의 부주의였고 누군가의 실수였으며 혹은 누구의 잘못도 아닌 사고였던 흔적들은 겁 없이 잡고, 만지고, 움켜쥐었던 나의 기억이다.

잘 아물지 못한 글을 쓰는 일 역시 부끄러워하지 않으려고 한다. 내게 온 이야기들을, 그것들의 운명을 더는 의심하고 싶지 않다.

좋은 글을 쓰라고, 좋은 사람이 되라고,

자꾸 내가 아닌 어떤 이름이 되어야 한다고 나를 다그치지 않겠다.

다만 좋은 삶을 살고 싶다.

나는 그저 나이고, 내가 쓸 수 있는 글을 쓰며 사는 삶이면 괜찮지 않을까.

좋은 삶을 사는 일과 살성이 좋아지는 일은 무관하다고 하나, 앞으로 찾아올 이야기들을 위해 지금 내가 할 수 있는 일은 그것이 전부인 듯하다.

컴퓨터 화면 속 '작업중' 폴더에는 아직 몇 줄짜리 이야기만을 가진 이름들이 남아 있다.

좋은 삶을 살면 그들의 이야기가 내게 와 줄까?

이렇게 말하면 소설을 위해 삶을 살겠다는 말처럼 들리겠지만 사실은 전혀 그렇지 않다.

나는 그저 소설을 핑계로 좋은 삶을 살고 싶을 뿐이다.

잘 아물지 못했으나
잘 여물고 싶다.
지금의 바람이다.

– 신유진, 2019

그렇게 우리의 이름이 되는 것이라고

신유진

개정판 2쇄 2023년 12월 6일

지은이 신유진
편집 신승엽
사진 · 디자인 신승엽
펴낸이 신승엽

펴낸곳 1984BOOKS (일구팔사북스)
주소 전라북도 익산시 창인동 1가 115-12
팩스 0303.3447.5973
전자우편 1984books.on@gmail.com

www.instagram.com/livingin1984

ISBN 979-11-90533-30-0 (03810)

1984BOOKS